서문문고
146

한여름밤의 꿈

셰익스피어 지음
김 재 남 옮김

A Midsummer Night's Dream

by

William Shakespeare

해 설

김 재 남

초기의 희극에서 셰익스피어는 로맨스(중세설화)적인 소재와 코미디(현실풍자)적인 소재를 번갈아 시도한 바 있다.

이제 이 두 소재는 교차성장하여 유기적으로 결합되어 로맨틱 코메디(낭만 희극)라는 새롭고 훌륭한 희극들이 쏟아져나온다.

≪한여름밤의 꿈≫은 최초의 낭만 희극으로, 공상의 세계와 현실의 세계가 완전히 교착·융합된, 참으로 즐거운 희극이다.

집필 연대는 1595, 6년으로 추정되고 있다. 최초의 인쇄판은 1600년의 사절판인데, 작가의 자필 원고에서 인쇄된 것으로 이른바 양(良)사절판이다. 이 극은 줄거리로 미루어봐서 어떤 귀족의 결혼 축하연의 여흥용으로 제작된 듯하며 그 귀족이 누구인지에 대해서는 여러 가지로 논증되어 왔으나 최근에 와서 비교적 의견들이 좁혀지고 있다.

셰익스피어의 극이 하나의 줄거리로 전개되는 경우가 거의 없듯이, 이 극도 네 개의 줄거리로 이야기가 전개된다. 또는 하나의 줄거리의 틀 안에 세 개의 이야기가 평행하게 교착·전개된다고 볼 수도 있다. 아테네 공작 티시어스와 히폴리터와의 결혼이 그 틀이 되고 있다. 이 극은 결혼 나흘 전에 공작의 궁전에서 시작하여 결혼날 궁전에서 끝난다. 이 나흘 동안에 아테네 교외의 숲에서 요정의 왕 내외 사이에 벌어지는 줄거리와 아테네의 네 명의 젊은 남녀의 사랑의 분규가 풀리고 두 쌍의 행복한 결혼이 이루어지는 줄거리와, 그리고 공작의 결혼식을 축하하기 위해 소인극(素人劇)을 준비하는 줄거리가 교착·전개되어 끝막에서 하나로 합쳐지게 되는데, 즉 공작의 결혼과 젊은 두 쌍의 결혼이 동시에 같이 거행되고, 그리고 요정들은 이 결혼들을 축복한다.

이제 여러 가지 주제의 여러 가지 실험을 거쳐 종전의 거의 모든 수법을 한편에다 담은 그의 최초의 위대한 희극 ≪한여름밤의 꿈≫이 제작된 셈인데, 재료는 종전의 그것들이지만 그 구조는 전혀 딴판이다. 아테네 공작 내외가 담당하는 틀 안에서 두 쌍의 애인들과, 그리고 요정의 세계가 무늬 놓아지며, 이것은 다 착오라는 주제를 가진다.

여기서 작가는 또 하나의 집념을 비로소 명백히 제시하고 있다. 즉, 몽환과 현실이라는 개념, 외관 또는 가상과 실재를 이제 처음으로 대담하게 대조시키는 것이다. 이 두 요소의 대립이라는 명제는 이후의 극들, 특히 비극들의 내적 본질을 이루게 되는데, 이중 영상, 상식적인 인생관, 자연과 일치할 수 있는 능력들이 이것과 표리의 관계를 가지게 되는 것이다. 외적인 실재는 이제 앞으로 교향악의 두 주제처럼 대위 음악과 같은 효과를 발휘한다. 이 극의 진행을 비판하고 극의 분규를 원만하게 수습하는 티시어스 공작은 상식적인 두뇌의 소유자로서, 요정의 세계나 젊은 서정적 사랑을 부정한다.

그러나 공작 이외에 이 극에는 또 한 사람의 극히 상식적인 머리를 가진 인물이 있는데, 그는 저 유명한 광대 역의 보텀이다. 그러나 그는 요정 세계의 여왕의 키스를 받아 그의 영역은 상상의 세계에까지 미친다. 원래 셰익스피어적 상식은 티시어스 공작 같은 현실의 테두리 안에다 제한시킬 수 없는 것이며, 현실과 상상을 다같이 포함하고 있는 상식인 것이다.

번역 대본은 도버 윌슨이 편찬한 《뉴 셰익스피어》(1924)를 사용했다. 뒤에 붙인 자료편은 독자들의 셰익스피어에 대한 이해를 돕기 위한 것이다.

차 례

한여름밤의 꿈

▨ 장소와 나오는 사람들

장 소
아테네, 그리고 가까이 있는 숲

나오는 사람들
티시어스 아테네의 공작
히폴리터 아마존족의 여왕, 티시어스의 약혼녀
이지어스 노인 허미어의 아버지
라이샌더, 디미트리어스 허미어를 사랑하는 청년
필로스트레이트 티시어스의 의전관
허미어 이지어스 노인의 딸, 라이샌더를 사랑함.
헬레너 키가 크고 금발. 디미트리어스를 사랑함.
퀸 스 목수
보 텀 직조공
플루트 풀무 수선장이
스노트 땜장이
스타블링 재단사
스너그 가구장이
오베론 요정의 왕
티테니어 요정의 여왕
파 크 장난꾸러기 요정
꽁 꽃 ┐
거 미 │ 요정들
모 기 │
겨자씨 ┘

그밖의 요정들, 티시어스와 히폴리터의 시종들

제 1 막

제 1 장

티시어스 저택의 홀
한쪽 작은 단(壇)에는 두 좌석이 마주 놓이고, 다른 쪽 작
은 단에는 난로가 놓여 있다. 정면과 좌우에 출입구. 그 사
이 벽에도 출입구가 있고 후면 복도와 통한다. 티시어스와
히폴리터 등장, 좌석에 앉는다. 그 위에 필로스트레이트와
그외 시종들 따라 등장

티시어스 여보 아름다운 히폴리터, 우리의 결혼식
날도 멀지 않았구려. 나흘만 기쁘게 기다리면
초생달 밤이 오오. 하지만 그믐날 달은 왜 이렇
게 더디 이울까! 아, 지루하구먼, 계모나 유산
가진 과부가 젊은 아들의 상속을 질질 끌며 미
루듯이.

히폴리터 나흘의 낮은 밤 속에 이내 녹고, 나흘의
밤도 꿈같이 금세 사라지고, 은으로 만든 활 같
은 초생달은 하늘에서 우리들의 결혼식날 밤을
지켜볼 거예요.

티시어스 자, 필로스트레이트, 가서 아테네 젊은이
들의 마음을 들뜨게 하여, 유쾌한 기분을 일깨
워 다오. 우울한 기분은 초상때나 어울리지…
…. 파리한 낯짝들은 우리의 혼인식에는 필요

없으니까. (필로스트레이트 퇴장) 그런데 히폴리
터, 난 칼을 가지고 당신에게 구애를 해서 당신
의 사랑을 얻기는 했으나, 실례가 많았소. 하지
만 결혼식엔 방법을 바꿔서 성대히, 화려하게,
그리고 흥청거릴 테요.

이지어스가 딸 허미어를 데리고 등장. 그 뒤에 라이샌더와
디미트리어스 등장

이지어스 노인 (절을 하면서) 문안드립니다, 고명하
신 공작님.

티시어스 오, 이지어스 노인, 웬일인가?

이지어스 노인 이렇게 원통한 일이 어디 있겠습니
까. 딸년 허미어 때문에 말입니다. 이보게, 디
미트리어스, 이리 나오게. 각하, 딸애와 약혼한
청년입니다. 자, 라이샌더도 이리 나오게. 헌데
공작님, 이자가 딸애의 넋을 빼놓았습니다. 라
이샌더, 자넨 저애한테 노래를 보내고, 사랑의
선물을 교환했었지? 달밤엔 그애 창문 밖에서
그럴싸한 소리로 거짓 사랑을 노래했겠다. 그리
고 자네 머리카락으로 만든 팔찌니 반지니 싸구
려 물건이니, 또는 홀림감, 장난감, 꽃다발, 과

자 따위 등……. 아무튼 어린 마음을 녹일 가지
가지의 물건들을 가지구 어느새 저애 마음속에
자네 환상을 집어 넣구 말았어. 그 간사한 수단
으로 그애의 마음을 빼앗고 이 아비에게 순종해
야 할 저애를 고집쟁이 무지렁이로 만들어 버렸
어. 그러나 공작님, 딸년이 각하 앞에서 디미트
리어스와의 결혼을 순순히 듣지 않는다면, 부탁
입니다, 제발 옛날부터 전해 내려온 아테네의
법률을 발동시켜 주십시오. 저건 내 딸년이니
까, 내 처분에 맡겨 주십시오. 이 청년한테 시
집을 가든가, 죽음을 택하든가, 하여간 국법을
당장 적용하도록 해주십시오.

티시어스 그래 넌 어떠냐, 허미어? 잘 생각해 봐
라, 이애야. 네 아버진 네게 하느님과 같으시
다. 너의 아름다운 육체를 만드신 분이 아니냐?
네가 납인형(蠟人形)이라면 아버지가 그걸 만드
신 분, 부수는 것도 간직해 두는 것도 아버지의
마음대로다. 디미트리어스는 훌륭한 신사가 아
니냐?

허미어 라이샌더도 훌륭한 분이에요.

티시어스 물론 그렇다. 그러나 이 경우엔 네 아버
지의 승낙이 없으니까, 남편으로서는 디미트리

　　어스가 더 훌륭한 셈이다.

허미어　아버지께서도 제 눈으로 봐주셨으면 좋겠어
　　요.

티시어스　아니, 오히려 네 눈이 네 아버지 같은 분
　　별을 가져야 할 것 아니냐?

허미어　하지만 공작님, 절 용서해 주세요. 무슨 힘
　　이 절 이렇게 대담하게 하는지 모르겠어요. 그
　　리고 이렇게 공작님 앞에서 제 생각을 토로하는
　　것이 너무나 염치 없는 일이라는 것도 알고 있
　　어요. 그렇지만 공작님, 지금 제가 디미트리어
　　스를 거절할 경우에 무슨 중한 벌이 내릴 것인
　　지 알고 싶어요.

티시어스　사형을 받든가, 영원히 인간사회와 등을
　　지든가 해야 한다. 그러니 얘, 허미어야, 가슴
　　에 손을 대고, 젊음에 물어 봐라. 정열에 따져
　　봐라. 아버지의 의도를 거역하면 수녀복에 감겨
　　영원히 껌껌한 수녀원에 갇혀서 차디찬 달님을
　　향해 가냘픈 찬송가를 울리며, 독신녀의 일생을
　　보내야 할 텐데 네가 그걸 어찌 감당하겠느냐.
　　그렇게 정열을 누르고 수녀의 생애를 보내는 것
　　도 참으로 행복한 일이라 하겠지만, 그러나 장
　　미는 지켜 주는 가시에 둘러싸여 시들어 가면

서, 저 혼자만이 행복하게 피어 있다가 죽어 버
리는 것보다는 꺾여서 향기를 뒤에 남기는 것이
우리가 생각할 때 더 행복하지 않느냐.

허미어 전 저의 처녀성을 맘에도 없는 남자에게 내
던지고 일생을 속박당하느니보다는 그 장미와
같이 살다가 죽겠어요.

티시어스 잘 생각해 봐라. 초생달 밤까지 여유를
주겠다. 그날이 나와 내 애인이 백년가약을 맺
는 날이다만……. 아무튼 그날이 오면 넌 아버
지 분부에 거역한 불효죄로 사형을 당하든지,
아니면 아버지의 뜻을 받들어 디미트리어스와
결혼을 하든지 그것도 아니라면 월신(月神) 다
이아나의 제단에서 영구한 독신 불침의 맹세를
하든지, 가부간 결정을 지어야 한다.

디미트리어스 맘을 돌려 다오, 허미어! 그리고 라
이샌더, 자네두 그 부당한 요구를 철회하고 나
의 정당한 권리를 인정해 주게.

라이샌더 여보게 디미트리어스, 자넨 허미어 아버
지의 총애를 얻었어. 허미어의 맘은 내게 맡겨
두고, 자넨 그의 아버지하고나 결혼하면 어떨
까?

이지어스 이 고얀 라이샌더 놈 같으니……. 그렇

다, 디미트리어스는 내가 좋아한다. 그리고 내
것은 내가 좋아하는 사람에게 주겠다. 딸은 내
것이다. 그러니 딸에 관한 모든 내 권리는 디미
트리어스에게 양도할 테다.

라이샌더 공작님, 전 가문이며 재산이며 조금도 디
미트리어스에 못하지 않습니다. 허미어에 대한
사랑은 제가 더합니다. 장래성으로 말하자면 어
느 모로 보나, 제가 더 유리하다곤 못할지라도
디미트리어스와 비등합니다. 그리고 뭣보다도
제가 자랑삼을 수 있는 것은, 전 아름다운 허미
어의 사랑을 받고 있다는 사실입니다. 그렇다면
제가 제 권리를 주장하지 못할 이유는 없잖습니
까? 그리고 당사자 앞에서 털어놓고 말하겠습
니다만, 디미트리어스는 네더의 딸 헬레너에게
구애를 해서, 그의 사랑을 얻고 있답니다. 아름
다운 헬레너는 이 들뜬 놈팡이한테 홀딱 반해서
마치 이 자를 신처럼이나 숭배하고 있답니다.

티시어스 나도 그만한 소문은 벌써 듣고, 디미트리
어스와 얘기하려던 참이었으나 원체 사사일에
분주해서 잊고 있었구나. (일어서면서) 이봐 디미
트리어스, 그리고 이지어스, 나와 같이 가주겠
나, 자네들에게만 할 얘기가 있으니. 그리고 허

미어야, 아버지 의사를 받들도록 다시 잘 생각
해 봐라. 안 그러면 아테네의 법률에 의하여 넌
죽음이 아니면 독신의 맹세를 택해야 하는데,
이건 내 힘으로도 어떻게 변경할 수 없는 문제
다. 자, 히폴리터, 웬일이오, 기운을 내요. 디미
트리어스와 이지어스는 나와 같이 가세. 나의
혼례식엔 자네들의 수고를 빌려야 하겠고, 또한
이 문제에 관해서 상의할 일도 있으니까.

이지어스 예, 기꺼이 따라가겠습니다. (라이샌더와
    허미어만 남고 모두 퇴장)

라이샌더 아니 갑자기 웬일이오? 당신 안색이 파리
    하구먼. 장미꽃이 이렇게도 빨리 사그라지다
    니?

허미어 아마 하늘에서 비가 오지 않아서 그렇겠지
    요. 그 비를 이제 이 두 눈에서 억수같이 쏟아
    보겠어요.

라이샌더 아! (여자를 위로하면서) 얘기책이나 역사책
    을 읽어 봐도 진정한 사랑이 순순히 진행된 예
    는 없더구먼. 글쎄 가문의 차이라든가……

허미어 아, 지독해라! 가문이 너무 높다구 지체 낮
    은 사람을 사랑하지 못한다니.

라이샌더 혹은 나이 차가 심하다든가…….

허미어 아, 패씸해라! 나이가 너무 많다고 젊은이
와 맞지 않다니.

라이샌더 혹은 친구들의 선택에 좌우된다든가…….

허미어 아, 바보같애라. 남의 눈으로 애인을 택하
다니.

라이샌더 혹은 짝을 만나더라도 전쟁이니 죽음이니
병이니 하는 훼방꾼이 끼어들어 사랑은 금세 사
라져 버리는데, 사랑은 소리같이 순간적이고,
그림자같이 재빠르거든. 그리고 꿈같이 짧고,
어두운 밤의 번개처럼 순간에 천지를 드러내곤,
'저봐!' 하고 말할 틈도 주지 않고 다시 암흑의
아가리 속에 삼켜져 버리거든. 빠르고 빛나는
것이란 그렇게 순식간에 망하는 법이야.

허미어 만약에 진정한 애인들이 늘 방해만 받고 마
는 것이라면, 그야말로 숙명이 아닐까요? 그렇
다면, 우리들의 고생스런 마음에 참을성을 가르
쳐 줍시다. 걱정이니 한숨이니 또는 희망이니
눈물 등, 사람에게 불가결한 가엾은 사랑의 그
림자들처럼, 그것도 불가결한 훼방이라면 할 수
없잖아요.

라이샌더 좋은 생각이오. 허미어, 그렇다면 내 의
견을 들어 보오. 난 미망인이 된 고모가 한 분

계시는데, 유산은 많고 아이는 없소. 아테네에
서 7리그 떨어진 시골에서 살고 계시는데 날 친
아들같이 생각해 준답니다. 이봐요, 허미어, 그
곳에서라면 결혼할 수 있을 거야. 아테네의 엄
한 법률도 그곳에까지는 미치지 못하오. 그러니
정말 날 사랑한다면, 내일 밤 집을 몰래 빠져나
와요. 그리고 시내에서 1리그쯤 떨어진 숲속,
언젠가 단오절 아침을 보러 가서 헬레너를 만난
그곳에서 기다리겠소.

허미어 아이 좋아라, 라이샌더. 맹세하겠어요. 큐핏
의 가장 강한 활에 걸고, 그의 가장 좋은 황금
화살에 걸고, 비너스의 온순한 비둘기에 걸고,
영혼과 영혼을 결합시키고 사랑을 승화시키는
신에 걸고, 그리고 또 저 불신한 트로이 사람
이지어스가 돛을 달고 떠나는 것을 보고 카르의
여왕 다이도가 몸을 내던졌다는 불에 걸고, 지
금까지 뭇 남자들이 깨뜨린 온갖 맹세에 걸고,
여자들이 한 맹세는 죄다 합쳐두 남자들이 깨뜨
린 맹세의 숫자에는 미흡하지만, 맹세하겠어요.
지금 약속하신 장소에서 내일 꼭 만나뵙겠어요.

라이샌더 약속 잊지 마오. 허미어, 아니 저기 헬레
너가.

헬레너가 복도를 지나간다.

허미어 오 예쁜 헬레너, 어딜 가니?

헬레너 날 예쁘다고 하니? 그 예쁘단 말은 취소해요. 디미트리어스는 네 아름다움에 넋이 없더구나. 아, 행복한 미인! 네 눈은 북두칠성, 네 혀는 산들바람, 보리는 푸르고 찔레꽃 피는 계절, 목동의 귀를 간지르는 종달새보다 더 상쾌하구나! 병은 옮는다는데, 아 맵시두 옮는 것이라면, 예쁜 허미어야, 지금 당장 네 맵시를 옮아 봤으면……. 내 귀는 네 음성을, 내 눈은 네 눈을, 그리고 내 혀는 네 혀의 달콤한 곡조를 옮아 봤으면……. 만약에 온 세계가 내 것이라면 디미트리어스만 빼놓고 나머지는 다 널 주어도 좋겠다만. 아, 좀 가르쳐 주어요, 넌 도대체 어떤 눈초리로 그일 보니? 무슨 수단으로 그이 마음의 움직임을 조종하고 있니?

허미어 낯을 찌푸려 보여도 그인 날 사랑하는구나.

헬레너 아, 네 찌푸린 낯이 내 웃는 얼굴에 재주를 가르쳐 주었으면 좋으련만!

허미어 내가 막 욕을 해도 그인 날 사랑하는구나.

헬레너 아, 내 기도가 그만한 힘을 가져 주었으면!

허미어 내가 미워할수록 그인 더 따라다니는구나.

헬레너 그인 내가 사랑할수록 날 싫어한단다.

허미어 애 헬레너야, 그이의 바보짓은 내 실수 때
　　　　문은 아니잖니.

헬레너 그게 바로 네 미모 때문이야. 차라리 그게
　　　　내 실수 때문이었으면!

허미어 안심해요. 다신 그일 만나지 않겠으니. 라
　　　　이샌더와 함께 난 이곳에서 달아나기로 했어,
　　　　라이샌더를 알기 전엔 낙원같이 보이던 아테네
　　　　였건만, 아, 무슨 마력을 가졌을까, 이런 천당
　　　　을 지옥으로 바꿔 놓았어!

라이샌더 이봐, 헬레너에겐 우리 계획을 얘기하지
　　　　만, 내일 밤 달의 여신이 은 같은 얼굴을 거울
　　　　같은 수면에 비추고 풀잎에 진주 이슬을 내릴
　　　　무렵, 도망치는 애인들의 발자국 소리도 들리지
　　　　않는 바로 그때, 우리는 아테네의 성문을 탈출
　　　　해 나가기로 했소.

허미어 그리고 헬레너, 가끔 너와 함께 가냘픈 앵
　　　　초 꽃밭에 누워서 실컷 속얘길 하던 그 숲에서
　　　　나와 라이샌더는 만나서 아테네를 등지고 새로
　　　　운 동무를 찾아서 낯선 곳으로 떠나기로 했어.
　　　　잘 있어요, 그리운 헬레너, 우리들을 위해서 기

도해 주겠지? 네게도 행운이 와서 디미트리어스와 짝이 되기를! 그럼, 라이샌더님, 약속 지키시겠죠. 서로 만나고 싶은 맘을 내일 자정까지 참읍시다.

라이샌더 참아야지. 허미어. (허미어 퇴장) 그럼 헬레너도 잘 가오. 당신처럼 디미트리어스도 당신을 사랑하기를 비오! (퇴장)

헬레너 사람에 따라 행복이 이렇게도 차가 있을까! 아테네 시내에서 나도 그애만큼은 예쁘다고 하는데. 하지만 그게 뭐란 말이냐? 디미트리어스는 그렇게 생각해 주질 않는걸. 누구나 다 아는 일을 그이만 몰라 주는구먼. 그이가 허미어의 눈에 끌려서 넋을 잃고 있듯이, 나는 그이의 장점만을 동경하구 있는가 봐. 아무 가치도 없는 비천한 것도 연애하는 사람이 보면 훌륭한 형태를 갖게 되거든. 사랑은 눈으로 보지 않고 마음으로 보는 거야. 그러기에 날개를 가진 큐핏은 장님으로 그려진 거지. 그뿐인가, 사랑의 마음은 조금도 분별심이 없어. 날개와 장님, 이거야말로 물불도 모르는 성미를 나타낸 거지. 그러기에 사랑의 신을 어린애라고들 하잖아? 그러기에 늘 엉뚱한 짓만 하는 거지. 흔히 장난꾸러

기들이 일부러 맹세를 안 지키기도 하지만 사랑
의 신 큐핏도 도처에서 거짓말만 하거든. 디미
트리어스도 허미어의 눈을 보기 전까지는 자기
의 애인은 나 혼자만이라는 맹세를 우박같이 쏟
았으나, 허미어의 열(熱)을 받더니만, 우박같은
맹세도 그만 녹아 버리겠지. 이제 가서 그이에
게 허미어가 도망간다는 얘기를 해줘야겠구먼.
그러면 그인 내일 밤 숲까지 그애를 쫓아갈 거
야. 그걸 알려주고 치사를 받아 봐도 나로선 값
비싼 댓가지. 하지만 가며오며 그일 볼 수 있을
것이니, 그렇게 해서 내 자신의 마음을 더 괴롭
혀 주자는 거지. (퇴장)

제 2 장

아테네, 피터 퀸스의 집
퀸스, 보텀, 스너그, 플루트, 스노트, 스타블링 등장

퀸 스 다들 모였나?

보 텀 명단대로 통틀어서 한 사람씩 불러 보는 게
　　　 가장 좋을걸.

퀸 스 이 명부는 공작 내외의 결혼식날 밤 어전에
　　　 서 할 우리들의 여흥에 말이야, 한몫 낄 수 있
　　　 을 만한 자들의 이름을 아테네 시내를 샅샅이
　　　 뒤져서 적은 거야.

보 텀 그런데, 피터 퀸스, 우선 그 연극의 내용을
　　　 말해 주게나. 그 다음에 배역들 이름을 부르게
　　　 나. 그러고 나서 본론으로 들어가야지.

퀸 스 참 그렇군. 우리들의 여흥이란 건 슬프디슬
　　　 픈 희극인데 피라머스와 티스비의 참혹한 죽음
　　　 을 취급한 것이네.

보 텀 그건 정말이지. 썩 좋은 것이군. 그리고 즐겁
　　　 고. 그런데 피터 퀸스, 그 명부의 배우들 이름
　　　 을 부르게. 자, 자리를 넓혀라 넓혀.

퀸 스 그럼 부를 테니 대답을 하게. 직조공 니크 보

　　턴.

보 텀 예. 그런데 이보게, 먼저 내 역할을 말해 주
　　　게. 그리고 다음을 진행하게.

퀸 스 니크 보텀, 자넨 피라머스 역이네.

보 텀 피라머스라니? 애인 역인가, 폭군 역인가?

퀸 스 애인 역인데, 사랑 때문에 굉장히 용감하게
　　　자살을 하네.

보 텀 멋들어지게만 하면 관중들의 눈물을 짜내는
　　　역이 되겠구먼. 내가 그걸 맡는 날이면, 관중들
　　　은 제각기 눈을 조심해야지. 난 폭풍을 일으키
　　　고 좀 비탄에 젖게 할 테야. 그 다음에는 뭐지…
　　　…? 하지만 난 폭군 역이 제일 맞아. 글쎄 허큘
　　　리즈 장사 역이나, 고양이나 찢어발기는 역이라
　　　면 이거 뭐 온 관중을 물끓듯이 할 수 있고말고.
　　　　바위가 뒹굴어서
　　　　내리 부딪쳐서
　　　　감옥의 문을
　　　　때려부순다
　　　　해님의 수레는
　　　　멀리서 빛을 내고
　　　　멍청한 운명의 신을
　　　　흥망케 한다.

거 굉장했었지! 다음 배역들을 부르게. 지금 건
허큘리즈 장사의 기질이야, 폭군의 기질이란 말
이야. 애인 역이라면 좀더 동정적이라야지.

퀸 스 풀무 수선장이, 프란시스 플루트.

플루트 예, 피터 퀸스.

퀸 스 플루트, 자넨 티스비 역할이네.

플루트 티스비라니? 방랑 기사 말인가?

퀸 스 아니, 아가씬데, 피라머스가 연애하는 상대
일세.

플루트 제기, 난 여자 역은 안 되겠어. 수염이 나
있거든.

퀸 스 괜찮아, 가면을 쓰고 하니까. 될 수 있는 대
로 작은 목소리로만 하게나.

보 텀 가면을 쓰고 한다면 티스비 역도 내가 맡겠
네. 들어봐, 이렇게 지독하게 작은 목소리로 말
할 테니……. "아 피라머스 씨, 그리운 사람! 당
신의 그리운 아가씨 티스비."

퀸 스 그만, 그만! 자넨 피라머스 역이야. 플루트,
자네가 티스비 역이고.

보 텀 좋아, 그 다음을.

퀸 스 재단사, 로빈 스타블링.

스타블링 예, 피터 퀸스.

퀸 스　로빈 스타블링, 자넨 티스비의 어머니 역이
　　고. 땜장이, 톰 스노트.

스노트　예. 피터 퀸스.

퀸 스　자넨 피라머스의 아버지 역이네, 난 티스비
　　의 아버지 역이고. 가구장이 스너그, 자넨 사자
　　역이네. 자 이제 배역이 끝났네.

스너그　사자 역의 제사는 써놓았나? 써놓았다면 이
　　리 주게, 난 머리가 둔해서.

퀸 스　즉석에서 할 수 있어. 으르렁대기만 하면 되
　　니까.

보 텀　사자 역도 내가 하겠어. 내가 으르렁대 주지,
　　그걸 들으면 다들 속이 후련해질 거야. 내가 으
　　르렁대면 공작님은 틀림없이 이렇게 말하실 거
　　야. "한 번 더 으르렁대라, 한 번 더."라구.

퀸 스　너무 사납게 으르렁대면 공작 부인과 귀부인
　　네들이 놀라 자빠지고 소릴 지를 거야. 그렇게
　　되는 날엔 우린 모두 교수(絞首)감이네.

모 두　그렇고말고, 우린 모두 교수감이지.

보 텀　물론이지. 귀부인네들이 하도 놀라서 정신을
　　잃는 날엔, 어디 분별이나 차리겠나? 그저 우릴
　　교수에 처하는 것밖에는. 하지만 난 속삭이는
　　듯한 큰 소리로 비둘기 새끼같이 조용히 으르렁

댈 테야, 소쩍새같이 으르렁대 줄 테야.

퀸 스   자넨, 피라머스 역밖에 할 수 없네. 피라머스
      는 상냥한 사내란 말이야. 흔히 볼 수 있는 사
      람이 아니라 아주 멋들어진 신사양반이란 말이
      야. 그러니 피라머스 역은 불가불 자네가 맡아
      줘야겠어.

보 텀   그럼 맡기로 함세. 그런데 수염은 무슨 빛깔
      로 하는 게 제일 좋을까?

퀸 스   그건 자네 맘대로 하게나.

보 텀   보릿짚 색, 아니 황갈색, 아니 자주색으로 할
      까부다. 아니, 아주 노란 프랑스 금화 빛깔로
      할까 부다.

퀸 스   아니, 프랑스 사람 머리빡은 매독 때문에 대
      머리라네. 그러니 자네도 수염 없이 하게나. 그
      런데 여보게들, 자, 이건 각자 대사네. 자네들
      에게 청하고 요망하고 부탁하네만 내일 밤까지
      모두들 외워 주게. 그리고 시내에서 1마일 가량
      떨어진 숲속에 공작님의 저택이 있네. 달도 있
      고 하니 그곳에서 만나 연습을 하세. 시내에서
      만나면 사람들이 모여들고 우리 계획이 탄로나
      니까. 그때까지 난 연극에 필요한 도구 목록을
      만들어 놓겠어. 그럼 잘들 부탁하네.

보 텀　알았네. 그곳에서라면 실컷 맘대로 연습을
　　　할 수 있지. 수고들 하게. 완전 무결하게 해보
　　　자고. 잘들 가게.

퀸 스　공작님 저택 도토리나무 밑에서 만나자고.

보 텀　알았어. 그럼 다들 약속 꼭 지키게나. (모두
　　　퇴장)

제 2 막

제 1 장

공작의 저택이 있는 숲
시내에서 1리그 떨어진 곳. 나무를 쳐낸 빈터에 이끼가 자라 있으며, 그 주위에 수목들이 둘러서 있다. 달밤. 장난꾸러기 요정 파크와 다른 요정이 따로따로 들어온다.

파 크 아니, 너, 어딜 가니?
요 정 산 넘어 골짝 넘어

　　　덤불 뚫고 찔레 뚫고

　　　마당 넘어 담 넘어

　　　물과 불을 지나서

　　　어디에나 가보자

　　　달님보다 더 빨리

　　　요정의 여왕님의 분부를 받아

　　　풀밭 둘레 이슬을 뿌리자

　　　키가 큰 노란 앵초는

　　　여왕님의 시동이오

　　　그 황금 외투엔

　　　여왕님의 선물인

　　　향기도 그윽한

　　　루비가 번쩍번쩍.

　　　이제 난 이슬을 찾으러 가야겠어, 앵초 꽃잎 끝
　　에 모두 진주같이 달아 주게. 얼뜨기야, 잘 있어.
　　난 가보겠어. 우리 여왕님과 요정들 일행이 곧 이
　　리로 오실 거야.

파 크　우리 임금님이 오늘밤에 이곳에서 잔치를 하
　　신단다. 너의 여왕님은 얼씬대지 않는 것이 좋
　　을 거다. 오베론 임금님은 지독히 성미가 급한
　　분이거든. 글쎄 여왕님의 시동 중엔 인도 왕한
　　테서 훔쳐온 소년이 있잖니? 그렇게 귀여운 아
　　인 여왕님도 처음 봤대. 그런데 오베론 임금님
　　은 샘이 나서 그 아이를 빼앗아 숲속을 다니실
　　때, 시동 우두머리로 삼자는 거야. 하지만 여왕
　　님은 그 귀여운 아일 영 놔주질 않고, 화환을
　　만들어서 씌워 주는 둥, 이만저만 기뻐하시는
　　게 아니거든. 그래서 임금님과 여왕님은 숲에서
　　나 들에서나 맑은 샘가에서나 만났다 하면 기어
　　코 싸우고 마시거든. 그래서 시중드는 요정들
　　모두는 겁을 먹고 도토리 껍질 속으로 기어들어
　　가서 숨어 버린다는 거야.

요 정　네 모습으로 비추어 보아 내 판단이 틀림이
　　없다면, 넌 저 장난꾸러기 요정 로빈구드 펠로
　　로구나. 마을 색시들을 놀라게 해주는 건 너지?

그리고 아낙네들이 허덕이면서 우유를 휘젓고
있는 옆에서 웃국을 슬쩍 떠내어 놀라게 해주
고, 혹은 술이 되지 않게 해주고, 혹은 밤 길손
을 헤매게 하여 골탕을 먹이며 껄껄 웃고 하는
놈이 바로 너지? 그러면서도 널 호브고브린이
니 파크 아기니하고 불러 주는 사람들에게는 힘
이 되어 제법 행복을 갖다 주고 있는 놈이 바로
너지?

파 크 그렇다, 난 밤의 즐거운 방랑자다. 오베론 임
금님에게선 어릿광대 노릇을 한다. 그리고 망아
지 새끼 시늉을 내어 히힝 하고 울어서, 콩을
먹고 살이 찐 숫말을 속여 주면, 그걸 보고 임
금님은 빙그레 웃으신단다. 어떤 때는 군 사과
로 둔갑하여 떠돌이 할망구의 찻잔에 숨어 있다
간, 마시는 걸 기다려서 난 입술을 툭 차주고,
그 쭈글쭈글한 모가지에 술을 쏟아 준단 말이
야, 혹은 영리한 아주머니가 슬픈 얘기를 하려
고, 가끔 날 세발걸상으로 잘못 알고 걸터앉으
려는 순간, 슬쩍 피하면 아주머닌 쿵하고 나가
떨어지면서 '어머' 하고 소릴 치고 쿨룩쿨룩 기
침을 하겠지, 이걸 보고 요정들은 모두들 볼기
짝을 치며 깔깔대고, 하도 우스워서 재채기를

하며 이렇게 신나 본 적은 처음이라고들 떠들겠
지. 그런데 애, 자릴 넓혀라. 저기 오베론 임금
님이 오신다.

요 정   그런데 우리 여왕님도 오시는구먼. 오베론
임금님은 가주셨으면 좋겠다!

　　　　빈터에 별안간 요정들 무리가 모여든다. 양쪽에서 오베론과
　　　　티테니어가 등장하여 마주 본다.

오베론   달밤에 재수 없이 만났구먼. 거만한 티테니
어 같으니!

티테니어   아니 질투쟁이 오베론이시군요! 요정들
아, 죄들 달아나라. 난 이이의 잠자리엔 물론,
곁에도 안 가기로 맹세했으니.

오베론   거기 있어. 요 깍쟁이 같으니, 난 네 남편이
아닌가?

티테니어   그렇다면 난 당신의 부인이어야 하게요.
하지만 나도 다 알고 있어요. 당신은 요정의 나
라에서 몰래 빠져나가서 목동 코린으로 변하여
진종일 보릿짚 피리를 불고 연가를 노래하며.
시골 처녀 필리더를 낚으려 했겠지. 저 머나먼
인디아의 산중에서 이곳에 돌아오신 이유를 나
도 다 알고 있어요. 글쎄 당신이 좋아하는 저

여장부 아마존 계집년과 티시어스 공작과의 결
혼을 주례서고, 두 사람의 신방에 기쁨과 행복
을 가져다 주기 위해서가 아니세요?

오베론 여보, 부끄럽지도 않소? 히폴리터와의 관계
를 그렇게 억측하다니. 당신과 티시어스와의 관
계를 나도 빤히 알고 있잖소? 그걸 모를 당신도
아닐 텐데. 즉 그자가 폭력까지 써서 아내로 삼
은 페리고우너를 버린 것도, 별 반짝이는 밤 당
신이 그자를 꾀어내 갔기 때문이 아니오. 그뿐
인가, 공작으로 하여금 어여쁜 이글리즈와의 맹
세를 깨뜨리게 한 것도, 애리애드니이나 앤타이
어퍼와의 맹세를 깨뜨리게 한 것도 당신이 아닌
가?

티테니어 그건 다 질투에서 우러난 터무니없는 말
씀. 초여름에 접어들면서부터 산에서, 계곡에
서, 숲에서, 목장에서, 바닥에 돌이 깔린 샘 옆
에서, 왕골이 자란 시냇가에서, 혹은 바닷가 모
래사장에서, 산들 부는 바람에 맞추어 손들을
맞잡고 춤을 추려고 하면, 당신은 꼭 나타나서
시비를 걸고 흥을 깨어 놓곤 했어요. 그러니 산
들 불어도 보람 없음을 안 바람이 그 원한 때문
에 바다에서 독기찬 안개를 뿜어다가 육지에 쏟

아놓았는지, 하찮은 강까지도 범람하고 대지는
온통 물바다가 되었지요. 그러니 소가 쟁기를
끈 것도 헛일이 되고, 파릇파릇한 보리는 새 이
삭도 나기 전에 썩어 버렸지요. 물이 든 들판에
는 가축 우리가 텅 비어 있고, 가축 시체에 까
마귀들만 배가 불러요. 모리스 놀이터도 진흙으
로 덮이고, 무성한 풀밭에다 만들어 놓은 교묘
한 미로(迷路)놀이 길도 걷는 사람이 없어 이제
는 알아볼 수가 없어요. 사람들은 겨울 옷이 생
각나고, 풍년을 축하하는 여름 밤의 노래도 없
어요. 그래서 밀물 썰물을 지배하는 달님은 노
기로 얼굴이 파리해지고, 대기를 습하게 하니,
덕분에 류머티스 환자만 늘어요. 어쩐지 계절이
온통 망령이 난 모양이에요. 허연 백발 같은 서
리가 진홍색 장미꽃의 싱싱한 마루턱에 내리는
가 하면, 동장군의 차디찬 대머리 위에, 조소나
하듯이 향기로운 여름날의 몽우리가 화환같이
장식되는군요. 봄, 여름, 오곡의 가을, 엄동 설
한, 이 네 계절이 제각기 의복을 바꿔 입는군
요. 그러니 세상은 어리둥절하고, 그때그때의
자연현상만 봐서는 어느 계절인지를 모를 수밖
에요. 그런데 이 화근은 바로 우리들의 언쟁과

불화에 있어요. 우리들이 이 화근의 장본인이며
원인이에요.

오베론 그럼 당신이 회개하구려. 화근은 당신한테
있어. 글쎄 왜 티테니어는 남편인 오베론에게
반대해야 하느냔 말이오? 나는 다만 그 소년아
이를 내 시동으로 달라는 것뿐인데…….

티테니어 그것만은 단념하세요. 그 아인 요정국(妖
精國) 전부하고도 바꿀 수 없으니까요. 그애 어
머니는 절 맹목적으로 믿었어요. 저 인디아의
향기로운 밤에 내 곁에 앉아 흔히 세상 얘길 했
지요. 낮에는 대양의 노란 모래사장에 같이 앉
아서 항해하는 상선들을 헤아리곤, 돛이 부질없
는 바람을 받아 아이 밴 배같이 팽팽해 있는 모
습에 같이 깔깔대며 웃었다우. 그때 그애 어머
니 배 안엔 그애가 들어 있었지만, 돛단 상선을
흉내내서 그 뒤를 쫓아 헤엄치듯이 예쁜 걸음걸
이로 바닷가를 쏘다니며, 가지가지 물건을 주워
다 주었어요. 항해에서 돌아온 상선이 상품을
잔뜩 싣고 오듯이 말예요. 하지만 인간이라, 그
앨 낳다가 죽었지요. 그애 어머닐 봐서라도 그
애하고 나는 헤어질 수 없어요.

오베론 이 숲에 언제까지 있을 작정이오?

타테니어 글쎄요, 티시어스 공작의 혼례가 끝날 때
까지 있겠어요. 혹시 꾹 참고 저희들과 춤을 추
며 달밤의 향연을 보시려거든, 같이 오세요. 의
향이 없으시거든, 아무 데로나 가버리세요. 저
도 방해는 않겠으니.

오베론 그 아일 내놔. 내놓으면 따라가겠으니.

티테니어 당신의 요정국을 모두 준대두 싫어요. 요
정들아, 자, 가자! 더 있다간 쌈이 되겠다. (노
한 채 일행을 거느리고 퇴장)

오베론 좋다, 가렴. 하지만 이 숲에선 나가지 못한
다. 내가 가만히 둘까 보냐. 애 파크야, 이리
와. 너 기억하지, 언젠가 나와 함께 곶〔岬〕에
앉아서 인어가 돌고래 등에서 노래하는 것을 들
었지. 어찌나 산뜻하고 고운 노래였던지, 거센
바다도 잔잔해지고, 하늘의 별들도 그 가락을
들으려고 미친 듯이 반짝였었지.

파 크 네, 기억하고 있습니다.

오베론 그때 얼핏 보니, 너는 몰라봤지만 큐핏은
차디찬 달과 이 지구 사이를 날며, 활을 겨누었
겠지. 그 목표는 서쪽 옥좌에 앉아 계신 베스타
성(星), 저 아름다운 처녀왕이었다. 그때 그 사
람의 화살은 활을 떠나서 만민의 마음을 뚫을

것 같더니만, 큐핏의 저 불타는 화살도 물같이
차고 순한 달빛에는 그만 식어 버리고 처녀왕은
순한 생각에 잠겨 사랑의 번민은 없이 그냥 지
나가시더라. 그때 난 이 큐핏의 화살이 떨어진
곳을 눈여겨 봐 두었다. 서쪽에 작은 화초가 있
는데, 여태껏 젖같이 하얗던 것이 사랑의 화살
에 상처를 받고는 금방 자줏빛으로 변해 버리겠
지. 처녀들은 그 화초를 사랑꽃이라 하더라. 지
금 너 그 꽃을 끊어 오너라. 이 화초를 언젠가
네게 보여준 일이 있었것다. 그 즙을 짜서 자는
사람 눈에 발라 놓으면, 남자든 여자든 미칠 듯
이 연심에 붙들리고, 잠을 깨면 처음에 보는 상
대에 넋을 잃는다. 그 화초를 끊어 가지고 얼른
돌아오너라. 고래가 1리그를 헤엄치는 시간보
다 더 빨리 오너라.

파 크 저는 40분이면 지구를 한 바퀴 돌고 올 수
있습니다. (파크 퇴장)

오베론 그 즙만 손에 들어오면, 티테니어가 자는
틈을 지키고 있다가 그걸 눈에 발라 놓을 테다.
그래서 그녀가 눈을 뜨면 사자든, 곰이든, 늑대
든, 여우든, 장난이 심한 원숭이든, 뭐든 처음
보는 것한테 사랑에 미쳐서 쫓아다니게 되겠지.

그리고 다른 약초를 써서 그 힘을 눈에서 풀어
주기 전에 그 시동 아일 내게 보내 주게 해야
지. 그런데 누가 오나, 난 사람들 눈에 보이지
않는 존재니까 어디 좀 엿들어볼까.

　　　디미트리어스가 들어온다. 헬레너가 쫓아온다.

디미트리어스　이미 널 사랑하지 않으니 쫓아오지
　　마라. 라이샌더와 허미어는 어디 있을까? 그 녀
　　석을 죽여야지! 그런데 그 여잔 날 죽이는군.
　　두 사람이 여기로 도망왔다고 해서 이곳까지 쫓
　　아왔지만, 이런 숲속에서 허미어는 보이지도 않
　　고, 난 미칠 것만 같구나. 그만 따라와, 썩 돌아
　　가라니까!

헬레너　당신이 저를 끄는 걸요. 당신은 차디찬 심
　　장을 가진 자석이에요! 그래도 그 자석은 감히
　　칼을 빼진 못하시는군요. 저의 심장은 강철같이
　　진실하니까요. 그 자석으로 절 끌지만 마세요.
　　그럼 저도 당신을 그만 쫓겠으니.

디미트리어스　내가 널 꾀기를 하나, 말이라도 곱게
　　하나? 아니, 도리어 사랑하지도 않고 사랑할 수
　　도 없다고 분명히 말하고 있잖아.

헬레너　그래도 전 당신이 더 좋아지는걸요. 디미트

리어스님, 전 당신의 스패니얼(犬)이에요. 스패
니얼은 치면 칠수록 더욱 꼬리를 흔들며 달라붙
거든요. 절 당신의 스패니얼같이 생각하시고,
차든가, 때리든가, 모르는 척하든가, 잊든가,
마음대로 하세요. 그러나 하찮은 계집이지만 당
신 곁에 있게만 해주세요. 당신 사랑을 그보다
더는 바라지 않겠어요. 그것만으로도 제게는 과
분하니까요.

디미트리어스 내 영혼마저 당신을 싫어하게 하는
말은 삼가해줘. 정말이지 난 당신 꼴만 봐두 구
역질이 난다니까.

헬레너 전 당신이 곁에 안 계시면 안절부절못하는
걸요.

디미트리어스 당신은 너무도 처녀다운 염치가 없
어. 이렇게 시내를 떠나서 사랑하지도 않는 남
자 손에 함부로 몸을 맡기다니. 더구나 밤에,
적막한 곳이고 보니 상대방이 무슨 사심을 품을
지 누가 알아? 보배같이 귀한 처녀의 몸이면서.

헬레너 당신의 덕(德)이 있으니 안심이에요. 글쎄
당신의 얼굴만 보면 밤이 아니라니까요. 그래서
지금이 밤이라곤 생각지 않아요. 그리고 이 숲
은 적막한 곳이 아니에요. 저로선 당신이 온 세

게니까요. 그러니 제가 혼자 있다곤 할 수 없어
요. 온 세계가 절 보고 있잖아요.

디미트리어스 그럼 난 도망쳐서 덤불 속에 숨어 버
릴 테야. 그리고 들짐승들 마음대로 하라고 당
신을 내버려둘 테야.

헬레너 아무리 사나운 맹수라도 당신같이 가혹하지
는 않아요. 언제라도 달아나세요. 그러면 얘긴
거꾸로 되죠. 아폴로는 달아나고, 오히려 다프
네가 쫓게 되겠구먼. 비둘기가 독수리를 쫓고,
순한 암사슴이 호랑이를 잡으려고 마구 쫓아가
게 되겠구먼. 하지만 마구 쫓아가 봤자 헛수고
지, 약한 것이 쫓고 강한 것이 달아나니까!

디미트리어스 일일이 따지고 있을 순 없으니까, 그
만 가겠어! 기어코 쫓아오겠다면 할 수 없지만
안심은 말아요, 숲속에서 무슨 봉변을 당할지
누가 알아.

헬레너 사실 당신은 성당에서나, 시내에서나, 들에
서나, 제게 봉변만 주고서. 쳇, 디미트리어스!
당신의 행위는 여성 전체에 대한 모욕이에요.
여성들은 애정에 도전할 수 없어요. 남성들은
그럴 수 있지만. 여성이란 구애를 받아야하지,
구애를 할 수는 없어요. (디미트리어스 퇴장) 난

따라가겠어요. 이렇게까지 사랑하는 사람의 손
에 걸려 죽을 수만 있다면, 이 지옥 같은 고통
도 천당의 기쁨으로 변할 거예요. (헬레너 퇴장)

오베론 잘 가라, 산수의 정(精)아. 사내가 이 숲을
나가기 전에, 네가 달아나는 쪽이 되고 상대가
사랑을 애걸하게 해놓을 테다. (파크 등장) 수고
했다. 그 꽃은 가져왔니?

파 크 예, 이것입니다.

오베론 그걸 이리 다오. 그런데 저기 둑에 백리향
이 만발하고, 앵초도 자라고, 오랑캐꽃은 바람
에 살랑거린다. 그 위에는 향기로운 인동이니
사향장미니 찔레 등이 천정처럼 덮여 있다. 티
테니어는 밤이면 곧잘 그곳에 가서 꽃밭에 누워
즐거운 꿈에 취하여 잠이 든다. 그리고 뱀은 그
에나멜 껍질을 벗어서 요정들에게 꼭 맞는 옷을
남겨 놓는다. 그때 난 이 꽃의 즙을 그 여자 눈
에 발라 놓거든. 그러면 그 여자 맘속이 가증할
환상으로 가득 차게 되지. 너도 이 즙을 좀 가
지고 가서 이 숲속을 샅샅이 뒤져 다오. 아테네
의 어떤 아름다운 처녀가 사랑에 빠져 있는데,
상대방 청년은 거절하고 있다. 그 청년 눈에 이
즙을 발라라. 그자가 눈을 뜨고 처음 보는 것이

그 처녀가 되도록 해야 한다. 그자는 아테네 옷
을 입고 있으니까, 단번에 알아낼 수 있다. 조
심해서 여자 이상으로 그자가 상대를 사랑하게
되도록 해라. 그리고 첫닭이 울기 전에 돌아와
야 한다.

파 크 염려 마세요. 그렇게 하겠습니다. (파크, 오베
론 퇴장)

제 2 장

숲속, 다른 곳
잔디밭 뒤쪽에는 큰 도토리나무가 서 있다. 그 나무 뒤로
높은 둑이 있고 덩굴이 늘어져 있다. 그 한쪽은 가시덩굴,
꽃향기가 자욱하다. 티테니어, 둑 밑 그늘에 누워 있다.
요정들이 시중들고 있다.

티테니어 자, 이번엔 원무(圓舞)와 요정의 노래를
해요. 그러고 나선 물러가도 좋아요. 20초쯤 누
군가는 가서 사향장미 봉오리에 있는 벌레를 죽
여요. 다른 누구는 박쥐와 싸워서 그 날개를 가
져와요. 작은 요정들의 외투를 만들어 줘야겠으
니. 그리고 또 다른 누구는 시끄러운 올빼미를
몰아 줘요, 밤마다 울어대서 귀여운 요정을 놀
라게 하니. 이제 한숨 자겠으니 고운 목소리로
노래를 해줘요. 그러고 나서 모두들 가봐요. 난
좀 쉬어야겠으니. (요정, 노래를 시작한다)

요 정 갈래진 혓바닥의 얼룩뱀아
가시 돋친 고슴도치야
꺼져라
도롱뇽과 도마뱀도 장난 말고
우리의 여왕님 곁에 얼씬대지 마라.

코러스 소리 좋은 소쩍새야
　　　　　　자장가를 불러 다오
　　　　　　자장자장 잘 자오
　　　　　　자장자장 잘 자오
　　　　　　해악도 오지 마라
　　　　　　요술도 오지 마라
　　　　　　우리 여왕님 곁에는
　　　　　　자장자장 잘 자오.

요정1 거미들아
　　　　　　이곳에 줄을 치지 말아라
　　　　　　저리 가라, 다리 긴 왕거미들아!
　　　　　　딱정벌레도 오지 마라
　　　　　　벌레도 달팽이도 장난 말아라.

코러스 자장가를 불러 다오
　　　　　　자장자장 잘 자오
　　　　　　해악도 오지 마라
　　　　　　요술도 오지 마라
　　　　　　우리 여왕님 곁에는
　　　　　　자장자장 잘 자오.

　　　　　티테니어 잠이 든다

요정2 가보자, 이제 됐다. 누구 하나 보초를 서라.

(요정들 퇴장)

오베론이 나타나서 둑 위를 날아다닌다. 내려서서 티테니어
의 눈에 꽃즙을 바른다.

오베론 잠을 깨서 뭘 보든, 그것이 당신의 진짜 애
인이 되어, 사랑의 고민을 맛보라고. 그것이 살
쾡이든 고양이든 곰이든 또는 표범이든 털투성
이의 산돼지든. 당신이 잠을 깨서 처음 눈에 보
이는 것이 당신 애인이다. 제발 무슨 흉악한 것
이 곁에 있을 때에 잠을 깨려무나. (오베론 퇴장)

라이샌더와 허미어 등장. 허미어는 라이샌더에게 기댄 채
그의 팔에 안겨 있다.

라이샌더 이봐 허미어. 숲속을 헤매다가 지친 모양
이구먼. 사실 나도 길을 모르겠어. 좀 쉬어갑시
다. 괜찮지. 날이 밝으면 나아질 테니 그때까지
기다립시다.

허미어 네. 그렇게 하세요. 어디 누우실 곳을 마련
하세요. 전 둑을 베개삼아 눕겠어요.

라이샌더 하나의 잔디 풀이 충분히 우리 두 사람의
베개가 되어 줄 거요. 마음도 하나, 자리도 하
나, 가슴은 두 개라도 진실은 하나요.

허미어 안 돼요, 그러심. 제발 저만큼 떨어져서 누
우세요. 이렇게 가까이는 싫어.

라이샌더 아, 내 순진한 마음을 오해 마시오. 애인
끼리는 설명이 필요 없잖소. 글쎄 내 의미는 내
마음이 당신과 맺어져 있으니까, 따라서 우리는
한마음 한뜻이란 것이오. 그리고 이 두 가슴도
하나의 맹세로 맺어져 있으니까, 두 개의 가슴
이라도 하나의 진실이란 말이오. 그러니 당신
곁에 누워도 괜찮잖소. 이봐요, 나는 곁에 누워
도 헛된 수작은 하지 않을 테니까.

허미어 말씀이 참 교묘하시네요. 아녜요, 제 입에
서 당신이 그런 헛된 수작을 할 것이라는 말이
나온다면 저야말로 천한 나쁜 여자가 되지요!
하지만 제발 사랑과 예의를 위해서 점잖게 저만
큼 가서 누우세요. 결혼 전의 순결한 남녀에게
알맞을 만한 거리를 두고 가 누우세요. 이제 됐
어요. 안녕히 주무세요. 당신의 귀하신 목숨이
살아 있는 날까지 맘 변하지 마세요.

라이샌더 아멘, 물론이요. 내 마음이 변하는 날엔
난 벼락을 맞아도 좋소! 난 여기 눕겠소. 잠이
당신에게 휴식을 주소서.

허미어 그 기원의 절반은 당신 눈에 깃드시옵소서.

(두 사람 다 잠이 든다)

파크 등장

파 크 숲속을 샅샅이 뒤져 보았지만 아테네 사람은 꼴도 볼 수 없구먼. 눈에 발라서 연심이 일어나는지 이 꽃의 힘을 시험해 봐야 할 텐데. 지금은 밤중, 고요하구나! 이게 누구냐? 입은 옷을 보니 아테네 사람이구나. 바로 이자다. 오베론 임금님의 말씀에 이 청년이 어떤 아테네 처녀를 영 싫어한다나. 그 처녀도 이 습한 더러운 땅바닥 위에 곤히 잠들어 있구먼. 가엾구나! 요 무정한 깍쟁이 곁에 눕지도 못하고. (라이샌더의 눈에 약즙을 바른다) 요 녀석, 네 눈에 신비한 효력을 가진 약즙을 잔뜩 발라 놓았으니, 눈을 뜨거든 사랑에 미쳐서 영영 안식을 잃으렷다. 난 물러갈 테니 잠을 깨라. 이제 난 오베론 임금님께로 가봐야지. (파크 퇴장)

디미트리어스와 헬레너 뛰어들어온다.

헬레너 기다려 주세요. 절 죽여도 좋으니 디미트리어스님.

디미트리어스 저리 가라니까 그래. 이렇게 쫓아다니지 마라!

헬레너   아, 어둠 속에 절 혼자 내버려둘 생각이신
가요? 그러진 마세요.

디미트리어스   따라오면 죽일 테야! 난 혼자 갈 테
야. (디미트리어스 퇴장)

헬레너   오, 바보같이 쫓고 있다가 난 숨도 못 쉬겠
어. 기도를 하면 할수록 효험은 적어지네. 지금
어디 있는진 몰라도 허미어는 행복하지 뭐야.
저 타고난 예쁜 눈 덕분이지. 그애 눈은 어쩌면
그렇게도 빛날까? 짜릿한 눈물 때문은 아니겠
지. 만약 눈물 때문이라면, 내 눈이 훨씬 더 여
러 차례 눈물에 씻겼는걸. 아냐, 아니야, 난 곰
같이 못생겼어. 글쎄 짐승들도 나를 보면 질겁
하고 달아나잖아. 그러니 디미트리어스도 나만
보면 괴물이라도 만난 것처럼 달아나지……. 그
건 조금도 이상한 노릇이 아냐. 망할 놈의 거짓
말쟁이 거울 같으니, 어쩌려고 날 허미어의 별
같은 눈과 비교를 할까. 그런데 저게 누굴까?
라이샌더님이구먼! 저렇게 땅바닥에? 죽었을
까, 잠을 자고 있을까? 피나 상처는 보이지 않
는구먼. 여보세요, 라이샌더님, 살아 있다면 일
어나세요.

라이샌더 (잠을 깨면서) 오, 당신을 위해서라면 불에라
도 뛰어들 테요. 햇빛같이 아름다운 헬레너, 자
연의 불가사의랄까, 그 가슴을 통하여 당신의 마
음이 환히 비춰 보이오. 디미트리어스는 어디 갔
소? 그 더러운 녀석, 내 칼에 죽어야 마땅하지.

헬레너 그러지 말아요 라이샌더님, 그런 말씀 하시
면 안 돼요. 그이가 당신의 허미어를 사랑한다
고 해서 그것이 어때요? 나쁠 건 없잖아요? 허
미어는 역시 당신만을 사랑하고 있으니 만족하
실 수 있잖아요.

라이샌더 허미어에 만족할 수 있다고? 천만에. 그
여자와 지루하게 보낸 시간이 이제야 후회가 되
는구먼. 내가 사랑하는 여자는 허미어가 아니라
헬레너야. 까마귀를 누가 비둘기와 바꾸지 않겠
는가. 남자의 욕망은 분별심으로 좌우되는 건
데, 내 분별심이 말하기를 당신이 더 훌륭하다
는 거요. 성장하는 물건이란 때가 올 때까진 익
지 않는 법이오. 내가 그랬소. 젊기 때문에 여
태껏은 분별력이 다 익지를 못했던 것이오. 그
러나 이제는 인지(人智)의 높이에도 키가 닿게
되어 분별력이 욕망을 지배하여 이렇게 당신이
눈에 들게 된 것이오. 당신 눈이야말로 향기로

운 사랑의 이야기들이 적혀진 책이오. 나는 거
기서 가지가지 사랑 이야기를 읽어낼 것이오.

헬레너   대체 무슨 악운을 타고났기에 이렇게도 심
히 조롱당해야 하는가요? 당신마저 이렇게 조
롱하시다니, 제가 무슨 짓을 했단 말이에요? 전
지금까지 한 번도 디미트리어스한테서도 고운
눈초리를 받아 보지 못했어요. 전 그만한 가치
도 없는 여자예요. 그런데, 그래도 부족해서 당
신마저 이 못난이를 조롱하시는가요? 참말로
너무하세요! 그렇게 야비하게 구애를 하시다니!
이제 그만 가겠어요. 하지만 전 당신을 좀더 점
잖은 분으로 알고 있었어요. 아, 이 신세 좀 봐.
한 남자한테는 거절당하고, 이 때문에 다른 남
자한테는 조롱당하다니! (헬레너 퇴장)

라이샌더   헬레너는 허미어를 미처 못 봤나 보다.
그럼 허미어야, 거기서 자고, 내 곁에는 영영
오지 말아 다오! 글쎄, 단 물건일수록 싫어지면
위장에 지독한 염증을 가져오고, 사교에서 깨어
난 사람들은, 지금까지 속았던 만큼 무럭무럭
증오심이 일어나는 법인데, 이와 마찬가지로 이
여자가 나의 단 음식이요, 사교였지. 이제 허미
어, 만인한테 미움 좀 받아 봐라, 특히 나한테!

자, 이제 애정과 역량을 다하여 헬레너를 숭배
하고 그녀의 기사(騎士)가 되어야겠다. (라이샌더
퇴장)

허미어 (잠을 깨면서) 사람 살려요, 라이샌더, 사람
살려요! 뱀이 가슴 위를, 얼른 떼어 주어요! 아
이, 무서워. 이게 무슨 꿈일까! 라이샌더님, 보
세요. 이렇게 떨려요. 글쎄 뱀이 제 심장을 삼
키려고 하는데, 당신은 앉아서 웃고만 있고, 삼
키라고 내버려두는 줄만 알았어요. 라이샌더님,
아이 어디로 가셨을까? 라이샌더님! 아니 안
들릴까! 아, 어디 계세요? 들리거든 대답해 봐
요, 제발 대답해 봐요. 역시 이 근처엔 안 계시
나 봐. 그렇다면 나는 죽음의 귀신 아니면, 그
이를 이내 만나게 되겠지. (허미어 퇴장)

제 3 막

제 3 편

제 1 장

앞 장면과 같은 장소
퀸스(보따리를 들고 있다) 스너그, 보텀, 플루트, 스노트, 스
타블링, 어슬렁어슬렁 들어와서 도토리나무 밑에 집합한다.

보 텀 다들 모였나?

퀸 스 됐어, 연습하기엔 장소가 아주 안성마춤이
     야. 이 잔디밭을 무대로 하고, 이 찔레덤불은
     준비실로 하세. 그리고 공작님이 보신다고 생각
     하면서 연기를 해보자꾸나.

보 텀 여보게, 피터 퀸스!

퀸 스 왜? 보텀 장사.

보 텀 글쎄, 이 피라머스와 티스비의 희극엔 좀 언
     짢은 대목이 있네. 첫째, 피라머스가 칼을 뽑아
     자살하는 대목 말인데, 귀부인네들에겐 질색일
     거야. 자네는 그걸 어떻게 생각하나?

스노트 그건 그럴 거네. 다들 놀라 자빠질 거야!

스타블링 결국 자살 장면은 보류해야겠구먼.

보 텀 아냐, 그럴 건 없어, 묘안이 있네. 해설을 붙
     이면 어떻겠는가. 우리가 칼을 쓰긴 쓰나 상처
     는 내지 않을 것이요, 피라머스도 정말로 죽는

건 아니라고, 해설에서 미리 말해 두잔 말일세.
아니 더 확실히 안심시키자면, 이 사람은 피라
머스 역이지만 사실은 피라머스가 아니라 직조
공 보텀이라고 까놓잔 말일세. 그렇게 해두면
아무도 무서워하진 않을 것 아닌가.

퀸 스 그럼 해설을 붙여 볼까. 운(韻)은 8·6조로
하지.

보 텀 아냐, 둘을 더 붙여서 8·8조로 하세.

스노트 그런데, 귀부인네들이 사자를 무서워하지
않을까?

스타블링 글쎄 말일세.

보 텀 여보게들, 이건 좀 신중히 생각해 볼 문제네.
귀부인네들 앞에 함부로 사자를 끌어내는 건 위
험천만이거든. 글쎄, 살아 있는 사자보다 더 무
서운 짐승이 어디 있느냐 말이야. 이건 삼가야
겠는걸.

스타블링 그럼 해설을 하나 더 붙여서, 이건 진짜
사자가 아니라고 아예 처음부터 얘기하세. 그러
는 게 무리가 없겠는걸.

보 텀 아냐, 그보다도 사자 역이 제 이름을 공개하
라고. 그리고 사자 모가지에서 얼굴을 반쯤 내놓
고 속 시원히 말해 버리지 뭘. 이렇게 말이야.

"아가씨들이여", 아니 "아름다운 아가씨들이여, 부탁입니다만 부디" 아니, "간청입니다만 제발 놀라지 마십쇼. 떨지는 마십쇼. 이거야말로 저의 일생의 소원이외다! 제가 한 마리의 사자로서 여기에 등장한 것으로 여러분들이 생각하신다면, 이건 정말 저의 일생의 유감이외다. 절대로 저는 그런 짐승은 아니외다. 절대로 저는 그런 짐승이 아니고, 저도 다른 사람처럼 한 사람의 인간이외다." 이렇게라두 말하구 이름을 대버리게. 아예 가구장이 스너그라구 말해 버리게.

퀸 스 그러는 게 좋겠구면. 그런데 두 가지 난처한 일이 있네. 그게 뭐냐 할 것 같으면, 글쎄, 대궐 홀 안으로 달님을 어떻게 가져오느냐가 문제란 말이야. 아다시피 피라머스와 티스비는 달밤에 만나거든.

스노트 우리들이 연극을 하는 날밤 달은 있나?

보 텀 달력, 달력! 달력을 보게, 달님이 있나 달님이!

　　　　퀸스가 보따리에서 달력을 꺼내서 들춰 본다.

퀸 스 음, 그날밤 달이 있구면.

보 텀 그럼 문제 없어. 홀 창문을 열어 놓고 연극을 하면 달빛이 창문으로 비쳐들 것 아닌가.

퀸 스 그래도 좋지. 또는 누가 싸릿대 다발과 각등
을 들고 들어와서 이렇게 말하면 되지, 즉 자기
는 달님 역을 하는 것이라고. 그런데 또 한 가
지 문제가 있어. 홀 안에 돌담이 있어야 해. 글
쎄, 얘기 줄거리를 볼 것 같으면, 피라머스와
티스비는 돌담 틈으로 말을 하거든.

스노트 원, 돌담을 가져올 수야 없지. 자네 의견은
어떤가, 보텀?

보 텀 그거야 누가 돌담 역을 맡아야 하잖겠나. 그
리고 그자보고 벽토든지 진흙이든지 초벽이든
지 들고 들어오게 하세, 자기가 돌담이라는 것
을 다들 알게 말이야. 그러고 손가락을 이렇게
벌리고, (손가락을 벌려 보인다) 그 사이로 피라머
스와 티스비가 소곤대도록 하게 해야지.

퀸 스 그렇게 약속해 두면, 만사 문제 없네. (연극
대본을 꺼내 펴면서) 자 다들 앉아서, 각자의 역을
연습하게. 피라머스, 자네부터 시작하게. 자네
의 대사를 다 말하고 나면, 저기 덤불 속으로
물러가게. 그리고 그 뒤부터는 각자 자기 대사
를 놓치지 말 것.

파크가 도토리나무 뒤에 나타난다.

파 크 (방백) 아니, 요 삼베(麻布)같은 것들이 뭘 이
　　　렇게 떠들고 있나, 우리 요정의 여왕님이 주무
　　　시는 곳 가까이서……. 아니 연극을 하나봐? 좀
　　　구경할까. 경우에 따라선, 나도 한축 끼어봐도
　　　좋구.

퀸 스 자 피라머스, 시작해. 티스비도 나오게.

보 텀 "아, 티스비여, 꽃 냄새 악취는 자욱한데……."

퀸 스 (대본을 들여다보면서) 악취가 아냐. 향기야, 향
　　　기!

보 텀 "향기는 자욱한데, 그와 같이 향기로운 당신
　　　의 입김, 아, 그리운 티스비, 아, 사람 소리가!
　　　여기 잠깐 서 계시오. 이내 곧 돌아오리다." (덤
　　　불 속으로 퇴장)

파 크 (방백) 이런 괴상한 피라머스는 처음 봤는데.
　　　(보텀 뒤를 따라간다)

플루트 이제 내 차롄가?

퀸 스 음, 자네 차례야. 글쎄, 피라머스는 무슨 소리
　　　가 들려서 보러갔을 뿐이고 곧 돌아올 것이니까.

플루트 "아 햇살 같은 피라머스님, 백합 같은 살결
　　　에 만발한 백장미 같은 얼굴빛, 늠름하신 그 젊

은 모습, 더구나 다시 없이 사랑스러운 유태인
양반, 지칠 줄을 모르는 말(馬)과 같이 충실하
신 분, 피라머스님, 마이너스의 무덤에서 기다
리겠어요."

퀸 스 여보게, '나이너스의 무덤'이네! 원, 그건 아
직 말해선 안 돼. 그 대목은 피라머스에게 대답
하는 대사니까. 자네는 다음 대사까지 죄다 단
번에 말해 버렸구면. 피라머스 등장이네. 자,
다시 시작하게. '지칠 줄 모르는', 여기서부터.

플루트 옳지! "지칠 줄 모르는 말과 같이 충실하신 분"

보텀 등장, 머리가 당나귀 머리로 변해 있다. 그 뒤에 파크
가 따라 들어온다.

보 텀 "오, 티스비여, 내가 그만한 미남이라면, 나
는 오직 당신의 것!"

퀸 스 아이구 괴물 봐라! 아이구 큰일 났다! 귀신
이 나왔구나. 아이구 달아나자, 달아나세! 어서
빨리!

다들 덤불 속으로 달아나고 보텀만 남아 있다.

파 크 자, 따라가 보자. 저자들을 끌고 늪으로, 덤
불 속으로, 숲속으로, 가시밭으로 다녀보자. 나

야 때와 곳에 따라 맘대로 말도 돼 보고, 개도
돼 보고, 머리빡 없는 곰도 돼 보고, 불도 돼
보자. 그리고 말같이 울어도 보고, 개같이 짖어
도 보고, 돼지같이 꿀꿀거려도 보고, 곰같이 으
르렁대도 보고, 불같이 타도 보자. (파크 퇴장)

보 텀 왜 모두를 달아나버릴까. 아마 나를 곯려 줄
생각을 한 모양이지? 그럴 셈으로 장난을 꾸민
모양이구나.

스노트가 덤불 속에서 내다본다.

스노트 아이구 보텀, 변했네 그래! 그게 웬 꼴인
가?

보 텀 웬 꼴이냐구? 자네처럼 당나귀 대가리 꼴인
가 보지? (스노트 들어가 버린다)

퀸스가 살그머니 나타난다.

퀸 스 아이구 여보게, 보텀! 여보게! 자네, 변했네
그래. (달아나 버린다)

보 텀 저것들의 장난을 누가 모를까 봐. 날 당나귀
취급을 하고, 가능하면 날 겁나게 해줄 심보겠
지. 하지만 무슨 수작이고 해봐라. 난 이곳에서
끄떡 않을 테다. 자, 이 근처를 왔다갔다하면서

　　노래나 부르고 내가 조금도 무서워 않는다는 걸
　　저 작자들에게 알려 주기로 할까. (콧노래를 부르
　　며 이따금 당나귀 소리를 낸다)
　　　시커먼 사다새는
　　　부리가 황갈색.
　　　개똥지빠귀 노래 잘하네.
　　　굴뚝새는 가는 목소리…….
티테니어　(잠을 깨고 나타나서) 저건 천사의 소릴까,
　　꽃밭에서 나의 잠을 깨우는 것이?
보　텀　(노래를 한다)
　　　방울새와 황새와 종달새
　　　멋없이 노래하는 회색 뻐꾸기
　　　그 노랠 무던히 들으면서도
　　　남편들은 한 마디도 변명 못하지.
　　　원, 그따위 바보 같은 뻐꾸기하고 시비를 할 사
　　람이 다 있겠나? 그놈의 뻐꾸기가 '오쟁이지네'하
　　고 울어 봤자 곧이들을 남편이 어디 있겠느냐 말
　　이다.
티테니어　점잖은 이, 부디 한 번만 더 노래해 주세
　　요, 네? 제 귀는 당신 노래에 홀딱 반해 버리는
　　군요. 당신의 미의 힘이 부득부득 절 감동시키
　　고, 한 번 보자, 사랑의 고백과 맹세를 하지 않

을 수가 없군요.

보 텀 글쎄요, 아씨, 그렇게까지 생각하실 이유는
조금도 없는 것 같습니다만, 하지만 사실인즉
요사이 이성(理性)과 연심(戀心)은 그리 잘 조화
되지는 않더군요. 유감스럽게도 양자를 조화시
킬 만한 누구 선량한 이웃 사람도 없고요. 하긴
나도 때에 따라선 농담쯤은 할 수 있답니다.

티테니어 당신은 아름다울 뿐만 아니라 영리하시네
요.

보 텀 그렇지도 못합니다. 하지만 이 숲에서 달아
날 재간만 있다면, 나로서는 충분하겠습니다.

티테니어 이 숲에서 달아나신다는 그런 생각은 아
예 하시지 마세요. 당신의 의향은 고사하구 이
곳을 떠나심 안 됩니다. 전 보통 요정이 아니에
요. 어딜 가나 제 주위엔 여름(夏)이 따라요. 그
러한 제가 당신을 사랑하잖아요? 그러니 항상
저와 같이 계세요. 요정들보고 시중을 들게 할
게요. 그리고 그것들보고 깊은 바다에 가서 보
배를 가져오라고 할게요. 또 꽃밭에서 주무실
땐 노래를 부르게 할게요. 그리고 끝내는 죽는
천한 인간의 본성을 말끔히 씻어내고 당신을 불
사의 요정처럼 어디에고 갈 수 있게 해 드릴게

요. 애, 콩꽃아, 거미집아, 모기야, 겨자씨야!

(이 부름에 따라 요정들이 여왕 앞에 나타난다)

콩 꽃 예!

거미집 예!

모 기 예!

겨자씨 예!

모 두 어디로 갈까요?

티테니어 아, 이 어른께 공손히 잘 시중드려라. 이
어른이 외출하실 땐 앞에 가서 뛰며 즐거운 춤
을 추어 눈요기가 되시도록 해 드려라. 잡수실
것으론 살구, 나무 딸기, 자줏빛 포도, 푸른 무
화과, 뽕나무 오디 같은 것을 드려라. 그리고
땅벌 집에 가서 꿀집을 훔쳐오너라. 침실 촛불
은 밀랍이 잔뜩 붙은 땅벌 넓적다리가 좋을 게
다. 그걸 번뜩이는 개똥벌레 눈에 대어 불을 켜
서 이 어른 침실에 갖다 놓고, 그리고 주무실
때는 눈에 비쳐드는 달빛을 오색나비 날개로 몰
아내 드려라. 자 그럼 요정들아, 머리를 숙이고
인사를 드려.

콩 꽃 안녕하세요, 사람님!

거미집 안녕하세요!

모 기 안녕하세요.

겨자씨 안녕하세요.

보 텀 여러분들, 고맙네. 그런데 실례지만 이름은?

거미집 (인사를 하고) 거미집입니다.

보 텀 우리 좀더 친히 지내 보세, 거미집 양반. 요
다음 내가 손가락에 상처를 입을 땐 좀 신세를
져야겠어. 그런데 자네 이름은?

겨자씨 (인사를 하고) 겨자씨올시다.

보 텀 아 겨자씬가. 거 참을성이 무던한 자넬 난 잘
아네. 저 덩치가 큰 겁쟁이 같은 쇠고기란 놈이
자네 일족의 어른들을 모조리 삼켜 버렸겠다.
하기야 자네 일족 덕분에 난 지금까지 무던히
눈을 적셨지만, 차후로 우리 좀더 친히 지내자
구, 겨자씨.

티테니어 자 어서들 이 어른의 일을 봐드려, 그리
고 내 전각으로 안내해 드려. 어쩐지 달님이 눈
물을 머금으신 것 같구나. 달님이 우시면 온갖
풀꽃들도 운단다. 아마 어디서 숫처녀의 몸이
더럽혀지고 있는 것을 슬퍼하시는가 보다. 자,
이 그리운 이의 혀를 묶어서 가만히 모셔가요.

　　(모두 퇴장)

제 2 장

숲속, 이끼가 자란 경사지, 오베론 등장

오베론 지금쯤 티테니어는 잠을 깼을까? 깼다면 처음 눈에 보인 것에 홀딱 반해 있을 테지. (파크 등장) 내 사자가 오는구나. 야, 미치광이 요정놈이냐? 우리들이 나다니는 이 숲에 무슨 재미난 일이라도 안 일어났니?

파 크 여왕님이 괴물한테 미치다시피 되어 있습니다. 여왕님이 성스러운 비밀 전각에서 노곤하게 졸고 계시는데 마침 아테네 장바닥에서 날품팔이나 하는 어중이떠중이 직공녀석들이, 티시어스 공작의 혼삿날을 축하할 셈으로 연극을 연습하려고 모여 있었습니다. 그런데, 그 바보 녀석들 중에도 가장 천치 같은 녀석이 피라머스 역을 맡고 있는데, 마침 연극 진행상 일단 덤불 속에 들어와 숨었습니다. 전 이 기회를 놓칠세라, 그자 머리에 당나귀 머리빡을 씌웠습니다. 그 직후 연인 티스비와의 대화가 있을 차례라 이 어릿광대 녀석이 살금살금 나타났습니다. 이

때 동료들이 이자를 보자, 살그머니 살금살금 접근해 온 포수를 본 들오리 떼나, 총소리에 놀라서 날아올라 까옥거리며 제각기 미친 듯이 하늘을 나는 까마귀 떼들처럼, 그 작자들도 이 녀석을 보고는 질겁을 하고 달아나는데 이곳저곳 그루터기에 넘어지는 놈도 있고, 살인이라고 외치며 사람 살리라고 아테네에 대고 소리지르는 놈도 있었습니다. 원체가 멍청한 녀석들인데다가 공포로 넋이 빠졌기 때문에, 무심한 초목까지 그자들한테 장난을 하기 시작했습니다. 찔레며 가시는 옷을 찢는다, 저기선 소매를, 여기선 모자를, 이렇게들 패잔병의 무리한테서 홀딱 껍질을 벗기는 형편이었습니다. 전 이렇게 공포에 넋을 빼앗긴 녀석들을 적당히 몰아버리고, 몰골이 변한 피라머스 녀석만 혼자 남겨 놓았습지요. 그때, 마침 운수 좋게 티테니어 여왕님이 눈을 뜨고 단박에 당나귀 녀석한테 녹초가 돼버렸지요.

오베론 그거 의외의 성공이로구나. 건 그렇고, 넌 반하는 꽃즙을 내가 말한 대로 아테네 청년 눈에 발라 놓았겠지?

파 크 마침 그자가 잠을 자고 있기에, 물론 말씀대

로 해놨습니다. 그리고 말씀하신 아테네의 여자
는 그 옆에 잠을 자고 있었습니다. 그러니까 남
자가 잠을 깨면 반드시 그 여자를 보고 말 것입
니다.

　　　　디미트리어스와 허미어 등장

오베론　이리 바싹 다가서라. 내가 말한 아테네 청
　　년이다.
파　크　여자는 그 여자지만 남자는 틀리는데요.
디미트리어스　오, 당신을 이처럼 사랑하는 사람을
　　왜 비난하시오? 그렇게 독한 말은 밉살스러운
　　원수에게나 하시오.
허미어　지금은 단지 입으로만 욕을 하지만, 이보다
　　더하게 될는지도 몰라요. 글쎄 당신은 저한테
　　저주를 받을 만한 짓을 했잖아요. 잠자코 있는
　　라이샌더님을 당신이 죽였지요. 이왕에 발목에
　　피를 묻혔으니 피 속으로 철썩 뛰어들어가서 저
　　까지 죽여 버리구려. 낮한테 그렇게 충실한 해
　　님두, 제게 대한 그이의 정만큼은 못해요. 그런
　　분이 자고 있는 이 허미어에게서 살그머니 달아
　　날 리가 있겠어요? 그걸 믿을 바엔 차라리 단단
　　한 대지에 구멍이 뚫려서 달님이 그 구멍을 통

하여 지구 저쪽으로 튀어나오고, 낮을 지배하는
그 곳의 오빠뻘 되는 해님을 노하게 한다는 얘
기를 믿겠어요. 필경 당신이 그이를 죽였을 거
예요. 당신 얼굴을 보니 살인자의 기색이에요.
무섭게 험상스러운 저 얼굴빛……!

디미트리어스 살해당한 사람의 얼굴빛이 그럴 거
요. 내 얼굴빛도 아마 그럴 거요. 당신의 잔인
한 칼에 심장을 찔린 나이니까. 하지만 그렇게
사람을 죽인 당신의 얼굴빛은 저하늘에 빛나는
샛별같이 맑고 빛나는구려.

허미어 그게 라이샌더와 무슨 관계가 있어요? 그인
어디 있어요? 아, 디미트리어스님, 그이를 제게
돌려 주세요.

디미트리어스 그러느니보다는 차라리 그 녀석의 시
체를 우리 집 개에게 던져 주겠소.

허미어 오, 개 같은, 짐승 같은 사람! 당신이 나빠
서 나는 처녀다운 예의까지 잃은 거예요. 역시
당신이 그일 죽였군요. 그렇다면 이젠 사람 축
에 들지 말아요. 아, 저를 위해서 한 번만 더
참말을 해보세요, 네! 그래 뜨고 있는 그 눈을
감히 마주보았어요? 혹은 자고 있는 사람을 죽
였는가요? 오, 용감한 솜씨! 뱀이나 독사도 그

까짓 것쯤을 못하려고? 그건 독사의 짓, 두 갈
래로 갈라진 독사의 혀도, 뱀 같은 당신의 혀보
다는 지독하지 않을 거예요.

디미트리어스 얼토당토않게 괜히 화를 내시는군.
난 라이샌더의 피를 흘리지 않았소. 아니 그잔
죽질 않았소, 내가 아는 한은.

허미어 그럼 그인 무사하다고 말씀 좀 해봐요.

디미트리어스 그렇게 말한다면, 그 댓가로 뭘 주시
겠소?

허미어 상을 드리죠, 다신 절 보지 말라는 상을. 그
리고 전 밉살스런 당신 앞에서 떠나겠어요. 인
제 다신 절 만나지 말아요. 그이가 죽었든 살았
든. (허미어 퇴장)

디미트리어스 저렇게 화가 나서 이글대는 여자를
따라가 봤자 소용 없겠지. 그렇다면 여기 이대
로 잠깐 있어 보자꾸나. 슬픔의 무거운 짐이 점
점 더 가슴을 짓누르는구나. 글쎄, 잠은 부족한
데다가 슬픔의 부채를 인수해 주는 사람도 없으
니 말이다. 이제 누워서 잠이나 좀 청해 보면,
조금은 메워지겠지. (눕는다)

오베론 이게 웬일이냐? 이건 큰 실수다. 넌 진짜
애인 눈에 사랑의 꽃즙을 발랐었구나. 네 실수

로 부실한 애인을 진실하게 하기는커녕, 진실한
애인까지 들뜨게 돼버렸구나.

파 크   이제는 운명의 여신에게 맡겨야죠. 이렇게
되면 진실을 지키는 자는 오직 단 한 명뿐이고,
백만 명은 맹세를 깨뜨리는 거짓말쟁이입니다.

오베론   어서, 바람보다 더 빨리 숲속을 뒤져서 헬
레너라는 아테네 처녀를 찾아내라. 그 여잔 상
사병에 걸리다시피 되어 얼굴은 파리하고, 사랑
의 탄식에 소중한 젊은 피까지 말리고 있다. 무
슨 환상이라도 보여서 그 여잘 이리 데려오너
라. 그 여자가 올 때까지 난 이 청년의 눈에 마
법을 걸어 놓겠다.

파 크   네, 네! 가보겠습니다. 타타르인의 화살보다
더 빨리요. (파크 퇴장)

오베론이 자고 있는 디미트리어스를 들여다본다.

오베론   자, 큐핏 화살에 맞은 자줏빛 꽃의 즙이다.
자, 이자의 눈동자 속으로 들어가라. 깨어나서
보면, 그 여자의 얼굴은 하늘의 샛별같이 희한
하게 빛나리라! 눈을 뜰 때 여자가 옆에 있으
면, 사랑의 갈증을 애걸하게 되리라.

파크 다시 등장

파 크 우리 요정 나라의 대장님, 지금 헬레너가 오
      는 중입니다. 제가 실수를 한 청년도 함께 오면
      서 애인의 권리를 애걸하고 있는 중입니다. 그
      들의 바보 같은 어릿광대 짓을 구경이나 하실까
      요? 아, 인간들은 왜 그렇게 멍청할까!

오베론 물러서 있어. 그것들의 소란한 소리에 디미
      트리어스가 잠을 깼다.

파 크 그러면 두 사람이 동시에 한 여자에게 애걸하
      게 되겠네요. 그렇게 되면 참 가관이겠네. 전 일
      들이 뒤죽박죽되는 걸 제일 보기 좋아하거든요.

라이샌더와 헬레너 등장

라이샌더 어째서 조롱삼아 애걸한다고 생각하시오?
      조롱이나 조소론 눈물을 못 흘리는 법입니다.
      보시오. 난 맹세를 하면서 눈물을 흘리잖소. 이
      렇게 나오는 맹세엔 진실만이 있는 것이오. 이
      것이 어떻게 당신 눈엔 조롱으로 보이시오? 일
      구 일언에 진실의 낙인이 찍혀져 있는데.

헬레너 조롱하는 솜씨가 여간 아니시군. 하나의 진
      실이 다른 진실을 죽인다냐? 오, 마귀같이 성스

러운 싸움이군요! 그런 맹세는 허미어의 것이에
요. 그런데 그앨 버린단 말이세요? 천평 양쪽
접시에 그 두 맹세를 올려놓고 달아 보세요. 결
국, 차이는 나타나 보이지 않을 테니. 그애와
저에 대한 맹세를 양쪽 접시에 올려놓으면 저울
은 팽팽해지고 양쪽이 다 이야기같이 가벼워질
뿐이에요.

라이샌더 그 여자에게 맹세를 했을 땐 난 분별이
없었소.

헬레너 그앨 버리려고 하는 걸 보니 지금도 분별이
없으세요.

라이샌더 그 여자는 디미트리어스가 사랑하고 있
소. 그리고 그자는 당신을 사랑하지 않소.

디미트리어스 (눈을 뜬다) 오 헬레너, 여신, 숲의 정
(精), 완전 무결한 것, 신성한 존재여! 아, 당신
눈을 무엇에 비교할까? 수정도 흐린 편이오.
오, 무르익은 그 입술, 달콤한 두 개의 앵두같
이 점점 더 사람 땀을 홀리게 하는구먼! 저 토
로스 고봉(高峯)의 동풍에 얼어붙은 백설도, 당
신이 손을 들어 보이자마자 까마귀 빛깔이 되어
버리오. 오, 키스 하게 해다오, 그 순백의 왕자,
행복의 인장인 당신 손에!

헬레너 아, 분해! 아, 망측해라! 당신네들은 둘이
공모해서 날 조롱감으로 삼는군요. 인사 체면을
아시는 분이라면, 이렇게까지 절 바보 취급을
하진 않을 거예요. 그래, 미워하다 모자라서 두
분이 합심하여 절 조롱 않군 못 배기는 거예요?
저도 다 알아요. 당신네들이 당신네들 외모처럼
남자라면, 순진한 여자를 이렇게 대하진 않으실
거예요. 당신네들은 분명히 진심으로 절 미워하
고 있으면서, 사랑의 맹세니 선서니 야단들이고
저를 과찬하는군요. 당신네들은 서로 연적이며,
허미어의 사랑을 경쟁하고 있으면서도 이제는
이 헬레너를 조롱하는 경쟁을 하시는군요. 참,
장하시고 대장부다운 일이군요. 실컷 조롱하여
이 가엾은 처녀의 눈에 눈물을 짜내 놓으시다
니! 점잖은 분이라면, 도저히 이러지는 않을 거
예요. 이렇게 처녀를 놀려 먹고, 기어코 약한
마음에 분통을 터뜨려 놓다니, 그것도 순전히
당신네들 심심풀이로 말예요.

라이샌더 자네가 나빠, 디미트리어스. 그러지 말게.
자넨 허미어를 사랑하고 있잖나? 그걸 내가 알
고 있다는 것을 자네도 알잖나? 그러니 여기서
난 진심으로 기꺼이 허미어에 대한 사랑을 자네

에게 양보하겠네. 대신, 헬레너에 대한 사랑을
내게 양보하게. 난 헬레너를 사랑하고 있을 뿐
아니라 죽는 날까지 사랑하겠네.

헬레너 조롱에도 분수가 있어야죠. 그렇게 거짓말
만 늘어놓다니.

디미트리어스 여보게 라이샌더, 허미어는 자네가
맡게, 내겐 필요 없으니까. 하기야 과거엔 사랑
했지만 이젠 그 사랑도 다 없어졌어. 그 여자에
대한 내 마음은 잠시 들러가는 길손밖에 안 되
고 현재는 헬레너란 고향에 돌아왔으니, 거기에
영주하겠네.

라이샌더 헬레너, 저건 거짓말이오.

디미트리어스 알지도 못하면서 남의 진정을 함부로
모욕하지 마라. 그러다간 혼날 테니.

　　　　허미어가 다가온다.

디미트리어스 보게, 자네 애인이 저기 오네. 저 여
자가 자네 애인일세. (허미어 라이샌더를 보고 그
옆으로 달려간다)

허미어 캄캄한 밤이 눈에서 그 기능을 빼앗아가니
귀만이 더욱더 예민해지는구먼. 시각을 빼앗고,
그 대신 청각을 두 배로 해주는구먼. 라이샌더

님, 이 눈이 당신을 찾아낸 것이 아니라 고맙게
도 이 귀가 당신 음성에 절 이리로 오게 한 것
이에요. 하지만 왜 절 혼자 두고 가버렸어요.

라이샌더 (등을 돌리면서) 어떻게 가만히 있는담, 사
랑이 떠나라고 채찍질하는데.

허미어 제 옆에서 떠나라고 라이샌더님을 채찍질하
다뇨, 무슨 사랑이?

라이샌더 라이샌더의 사랑이. 그래서 난 가만히 있
을 수가 없었던 것이오. 아름다운 헬레너! 저
하늘의 별들의 빛나고 반짝이는 눈들보다 더 아
름답게 눈을 빛내는 이 여인 때문이오. 그런데
왜 당신은 날 찾아다니오? 이래도 모르겠소, 당
신이 싫어져서 내가 달아났는데도?

허미어 마음에도 없는 말씀을. 설마 그럴 리가?

헬레너 아! 이애도 공모자의 한 사람이구나! 이제
나도 알았지만, 세 사람이 공모하여 이런 악질
의 장난을 꾸며 가지고 날 곯려 주자는 것이구
나. 너무하는구나, 허미어, 인정머리 없는 애
같으니, 너도 공모자지? 저분들과 공모해서 날
이렇게 조소거리로 삼고, 괴롭히자는 말이지?
너와 나, 둘이서만 한 얘기며, 언니 동생의 맹
세며, 같이 보낸 나날이며, 금방 시간이 흘러가

서 우리가 헤어져야만 하는 것을 아깝게 생각했
던 시간이며, 아, 그것들을 죄다 싹 잊어버렸
니? 그리고 잊어버렸니, 학교 시절의 우정도,
어린 시절의 천진난만도? 허미어야, 우린 같이
수놓는 두 여신같이 각각의 바늘로 하나의 꽃을
수놓았지. 하나의 방석에 같이 앉아, 둘이 다같
은 노래를 같은 곡조로 부르면서 말이다. 마치
우리의 수족이며 몸뚱이며 음성이며 마음이 하
나로 융합되어 버린 것 같았잖았니. 우린 그렇
게 같이 자랐잖니? 보기엔 따로따로인 것 같아
도 근본은 붙어 있는 두 개의 아름다운 열매가
하나의 대에 달려 있는 쌍둥이 앵두같이. 그러
니 몸뚱이는 두 개라도 마음은 하나, 결혼하면
부부의 가문(家紋)이 합쳐서 하나가 되듯이 두
개의 몸뚱이는 하나의 마음에 지배받았잖았니.
그런데 넌 그렇게까지 오래 묵은 우정에 금을
내고 남자들과 합세하여 이 가엾은 옛 동무를
조롱하자는 거냐? 그건 동무답지 않고 처녀답
지도 않은 짓이다. 나만 아니라, 전 여성들이
너의 그런 수작을 비난할 거다. 하긴 해를 입은
사람은 나 혼자이지만.

허미어 기가 막혀, 그렇게 성을 내는 법이 어디 있

어. 난 널 조롱하지 않는다. 도리어 네가 날 조
롱하는 것 같구나.

헬레너 네가 아니냐, 날 조롱 삼을 셈으로 라이샌
더님을 시켜 가지고 날 뒤쫓고, 내 눈과 낯을
칭찬하게 만든 사람이? 그리고 또 하나의 애인
디미트리어스까지 조금 전만 해도 날 발길로 찼
으면서, 이제는 여신이니, 숲의 정이니, 심지어
는 신성하고 귀하고 보배 같고 천사 같다는 둥,
소리치게 한 것도 다 네가 시켜 한 것이지? 안
그렇다면 미워하는 여자를 그이가 왜 그렇게 말
하겠니? 라이샌더 역시 마찬가지다. 글쎄, 그렇
게까지 진심으로 널 사랑하고 있는 그이가 네
사랑을 거절하고, 어떻게 날 사랑한다는 말이
나오겠니? 네가 시키고 네가 승낙했으니 그러
는 거지. 넌 남자들의 사랑을 받고 무척 행복한
여자이고 나는 너같이 행복하질 못하고, 비참하
게도 남을 연모만 하는 쪽이지만 그렇다고 어쩼
단 말이니? 이걸 넌 오히려 동정해야지 무시해
서는 안 되잖니.

허미어 네 말이 무슨 의민지 난 모르겠어.

헬레너 잘들 하는구먼! 그렇게 시치미를 떼고는 내
가 뒤돌아서면 입을 씰룩하고, 서로 눈짓을 하

면서 재미나게 조롱을 계속해요. 이 장난은 잘
되면 역사에 남을 테죠. 만약에 조금이라도 인
정이나 호의나 분별이 있는 사람들이라면 날 이
렇게 장난거리로 삼진 않을 거예요. 그럼 잘들
있어요. 내게도 실수는 있으니 죽든가 없어지든
가, 아무튼 곧 보상될 날이 오겠지.

라이샌더 이봐, 헬레너, 내 애길 좀 들어 봐요. 내
사랑, 내 생명, 내 영혼인 아름다운 헬레너여!

헬레너 참 잘도 하시네.

허미어 이보세요. 헬레너를 그렇게 조롱하지 마세요.

디미트리어스 허미어의 말을 못 듣겠다면 내가 폭
력을 써서라도 듣게 하지.

라이샌더 자네 폭력쯤은 허미어의 말보다도 못하
네. 자네의 위협도 허미어의 무력한 기원이나
마찬가지야. 이봐, 헬레너, 난 당신을 사랑하
오. 내 목숨을 걸고 사랑하오! 당신을 위해서라
면 당장이라도 버릴 수 있는 이 목숨에 걸고 맹
세하지만, 내가 당신을 사랑하지 않는다는 따위
의 주둥일 놀리는 녀석은 거짓말쟁이오.

디미트리어스 단언하지만, 저 사람보다는 내가 더
당신을 사랑하오.

라이샌더 정 그렇다면 저리 가서 그걸 증명해 봐.

디미트리어스 그럼 가자!

허미어 (라이샌더를 붙든다) 라이샌더님, 도대체 어떻게 된 일이에요?

라이샌더 비켜, 이 이디오피아 깜둥이년 같으니!

디미트리어스 아냐, 아냐. 이잔 괜히 이러는 거야! 얼마든지 따라오는 시늉을 해보렴. 하지만 실제는 따라오지 못할걸. 너 같은 쓸개 없는 녀석이, 어디!

라이샌더 놔, 요 고양이 같은 이디오피아 년아, 놓으라니까. 안 놓으면 뱀을 풀어서 내던지듯이 할 테니까.

허미어 왜 이렇게 난폭해지셨어요? 왜 이렇게 변하셨어요, 그리운 라이샌더님? (라이샌더를 그대로 붙들고 있다)

라이샌더 그리운 라이샌더님이라구? 제기, 비켜요. 누리짭짤한 타타르 년 같으니, 비켜요. 보기 싫은 탕약 같은 년! 밉살스런 독약 같은 년. 저리 가버리라니까!

허미어 농담이시죠?

헬레너 아무렴, 너도 농담이고.

라이샌더 디미트리어스야, 대장부의 일언을 지키겠다.

드미트리어스 네 진짜 보증이 있어야지. 그러나 보아하니 여자의 손이 널 붙들고 있구나. 난 네 빈말만 가지곤 믿지 못하겠다.

라이샌더 아니, 그럼 날보고 허미어를 쳐서 죽이란 말이냐? 밉기는 하지만 난 그렇게까진 못하겠다.

허미어 아이, 밉다고요? 그보다 더한 모욕이 어디 있어요? 이 제가 밉다고요? 왜요? 아! 그게 웬 말씀인가요? 저는 허미어, 당신은 라이샌더가 아니신가요? 전 지금도 전이나 마찬가지로 아름답잖아요? 초저녁만 해도 당신은 절 사랑하셨는데, 밤중에 절 버리셨군요. 아, 그렇다면 역시 정말 절 버리셨나요? 아, 분해라!

라이샌더 아무렴, 내 목숨에 걸고 단언하지! 이제 다신 만나고 싶지 않아졌어. 그러니 희망은 버리고, 의심이나 의혹은 하지 마라. 이건 정말 진실한 얘기야. 농담이 아니야. 난 당신이 싫어졌어. 지금 난 헬레너를 사랑하고 있어.

허미어 (헬레너에게) 아, 요 사기꾼 좀봐, 요 꽃벌레 좀 보게! 아니, 넌 밤에 와서 내가 사랑하는 애인의 심장을 몰래 도둑질해 갔구나?

헬레너 잘한다, 참! 넌 예의도 처녀의 염치도 없고

낯을 붉힐 줄도 모르는 거냐? 그래 내 점잖은
입에서 기어코 대꾸가 나오게 할 테냐? 쳇! 쳇!
엉터리 꼭두각시 같은 것이!

허미어 꼭두각시라고? 어머, 기가 막혀! 음, 그걸
말하고 싶었구나. 이제 나도 알았어. 내 키와
비교해서 제 키를 자랑하고 싶었구먼. 후리후리
한 모습, 그리고 키를 미끼로 저이의 맘을 호렸
구먼. 그리고 내가 작고 땅딸막하다고 해서 저
이의 칭찬에 더욱더 키만 커졌구먼? 그래 내 키
가 얼마나 작단 말이냐? 요 횟박을 뒤집어쓴 장
대 같은 계집애야? 얘, 말해 봐! 내 키가 얼마
나 작단 말이냐? 내 키가 아무리 작기로서니 내
손톱이 네 눈을 못 후벼낼 정도는 아니다. (헬레
너에게 대들려고 한다)

헬레너 두 분께 부탁이에요. 절 조롱해도 좋지만,
이애가 내게 손을 대지 못하게 말려 주어요. 전
성질이 사나운 여자가 아니에요. 심한 짓은 도
저히 못하는 성질이에요. 전 정말 겁쟁이 처녀
예요. 저를 못 때리게 해주어요. 당신네들은 이
애가 저보다 좀 키가 작으니까, 제가 이앨 당해
낼 수 있을 것으로 생각하실지 모르지만.

허미어 키가 작다고! 저것 봐, 또 키타령이구먼.

헬레너 허미어야, 내게 그렇게 심하게 굴지 말아라. 난 항상 널 사랑하고, 언제나 네 비밀을 지켜왔어. 그리고 한 번도 네게 잘못한 일은 없어. 다만 나는 디미트리어스를 사랑하는 나머지, 그이에게 네가 이 숲으로 몰래 달아난다는 애기를 귀띔했을 뿐이야. 그래서 그이가 널 쫓아온 거고, 난 연정에 못 이겨 그일 쫓아온 거야. 하지만 그인 날보고 욕을 하고 가라고 하며, 날 치겠다느니, 차겠다느니, 아니 심지어는 날 죽이겠다고까지 위협했단다. 그러니 이제 너도 날 가라고 가만히 내버려둬. 그러면 난 내 어리석음을 조용히 안고 아테네로 돌아가고, 이 이상 더 쫓아다니진 않을 테야. 가게 놔줘, 보다시피 난 이렇게 어리석은 바보니까.

허미어 가고 싶으면 가려무나! 누가 널 막을 줄 아니?

헬레너 그야 이 미련한 마음이……, 하지만 그걸 여기 남겨 놓고 가겠다.

허미어 아니, 라이샌더님의 가슴 속에 말이니?

헬레너 아냐, 디미트리어스 가슴 속에!

라이샌더 이봐 헬레너, 무서워할 건 없어. 허미어가 당신을 해치지는 못할 테니까.

디미트리어스 그야 물론이지. 네가 허미어의 편을
들더라도 안 될 말이지.

헬레너 아, 저앤 성을 내면 지독하게 악착스러워
요. 학교 시절에 저애는 심술쟁이였어요. 키는
작아도 사나워요.

허미어 키가 작다고 또 말하는 것 봐. 키가 작으니
키가 낮으니 소리 아니면 할말이 없나 봐. 저애
가 절 이렇게 조롱하는데, 두 분은 가만히 보고
만 있기예요? 그럼 저도 가겠어요.

라이샌더 가버려, 난쟁이 같으니! 요 꼬마 같으니,
키가 작아지는 풀을 달여 먹었나! 요 염주 구
슬, 도토리 같은 것.

디미트리어스 너무 까불지 마라. 역성을 들어 봤자
헬레너는 도리어 경멸한다. 헬레너를 가만히 놔
둬. 헬레너의 이름도 입에 내지 마라. 헬레너의
역성을 들지 말아. (칼을 뺀다) 만약 헬레너에게
조금이라도 그따위 애정 표시를 할 것 같으면
가만두지 않을 테다.

라이샌더 (칼을 뺀다) 봐라, 허미어가 놔 줬다. 자
용기가 있거든 따라오너라. 너와 나 둘 중에 누
가 헬레너에 대한 권리를 갖는가, 이 승부로 정
하자. (숲속으로 뛰어간다)

디미트리어스 따라오라구? 그따위 소리 마라. 너와
　　나란히 갈 테다. (뒤쫓아간다)

허미어 얘, 이 소동은 죄다 너 때문이다. 거기 있
　　어, 달아나지 마라.

헬레너 난 널 믿지 않겠어. 이젠 네 욕은 그만 듣고
　　있겠어. 싸움이라면 네 손이 더 날쌔겠지만, 다
　　리는 내가 더 기니, 냉큼 달아나겠어. (달아난다)

허미어 어이가 없어 말도 못하겠네. (느릿느릿 뒤따라
　　간다)

오베론 (앞으로 나온다) 이것도 네 태만 때문이구나.
　　여전히 넌 실수 아니면 고의로 라도 장난을 저
　　지르는구나.

파 크 아닙니다. 그림자 세계의 임금님, 이것은 실
　　수 쪽입니다. 글쎄 아테네의 옷으로 그 사내를
　　알아 볼 수 있다구 말씀하셨잖았습니까? 여기
　　까지는 제가 한 일이 실수가 아니죠. 확실히 전
　　아테네인의 눈에 꽃즙을 발랐으니까요. 그리고
　　이렇게 되고 보니 도리어 좋잖습니까? 글쎄 저
　　자들의 이 다툼이 썩 좋은 심심풀이가 된 셈이
　　거든요.

오베론 너, 봤지, 저자들이 결투할 장소를 찾고 있
　　구나. 그러니 로빈아, 얼른 밤의 장막을 둘러치

고 별들이 반짝이는 하늘을 저 지옥의 아케론에 내리덮여 있는 시커먼 안개로 지금 당장 덮어쳐라. 그리고, 성이 난 저 두 적수들이 길을 잃게 하고, 서로 만나지 않게 해야 한다. 어떤 때는 라이샌더의 음성으로 지독하게 욕을 해서 디미트리어스를 화나게 하고, 어떤 땐 디미트리어스인 것처럼 상대방을 욕해 주란 말이다. 그렇게 두 사람을 서로 떼어 놓으면 마침내는 죽음 같은 잠이 납덩이 같은 다리와 박쥐 같은 날개를 가지고 그자들 눈꺼풀 위에 살그머니 깃들게 된다. 그때 이 약초를 라이샌더 눈 속에 짜 넣으란 말이다. 이 약즙은 굉장한 효험을 가지고 있으니까, 단박에 눈의 착각은 씻어지고 정상적인 시력으로 회복될 것이며, 눈을 뜨고 보면 이 어리석은 소동이 죄다 허무맹랑한 꿈만같이 여겨질 것이다. 그리고 두 쌍의 애인들은 사이좋게 아테네로 돌아갈 것이며 그들 사이의 애정은 죽을 때까지 변하지 않을 것이다. 그런데 이 일은 네게 맡기고, 난 티테니어 여왕을 찾아가서, 인디아 소년을 달라고 해야겠다. 이 일이 잘 되면, 마술에 걸려 있는 여왕의 눈을 괴물의 세계에서 해방시켜 주고……. 그럼 결국 만사 원만히 낙착될 것 아니냐.

파 크 요정의 임금님, 이건 얼른 해야겠습니다. 밤
의 여신을 실은 수레가 구름을 뚫고 저렇게 빨
리 가고 있으니까요. 그리고 저기 하늘에 새벽
의 여신 아우로라의 선발자(先發者)가 번쩍이잖
습니까. 저것이 얼씬대면 여기저기를 헤매어 다
니던 유령들은 묘지로 돌아들 가고, 네거리나
물 속에 파묻힌 온갖 잡신들도 구더기 끓는 잠
자리로 물러갑니다. 그것들은 자기들의 창피를
대낮에 드러내 놓기가 두려워서 일부러 빛을 피
하여, 검은 낯짝을 한 밤과 항상 같이 있어야만
하니까요.

오베론 그러나 우리는 종류가 다른 정령들이야. 난
종종 아침의 연인인 새벽의 여신들과 함께 홍겹
게 지내 본 일도 있고, 산지기 모양 숲속을 걸
어다닌 일도 있지. 그때 보니 온통 빨갛게 불타
는 듯한 동녘 문에서 아름다운 축복의 햇살이
쏟아져나와 바다 위로 쏟아지자, 초록빛 바닷물
이 황금빛으로 변하더구나. 그래도 아무튼 지체
하지 않고 서둘러야 하겠다. 날이 밝기 전에 빨
리 일을 끝내야지. (오베론 퇴장)

안개가 끼기 시작한다.

파 크   요리조리 내 맘대로 그자들을 끌고 다니자꾸
나. 들에서나 마을에서나, 나라면 다들 무서워
서 부들부들 떨기만 하지. 자, 그자들을 요리조
리 끌고 다니자꾸나. 오는구나, 한 놈이.

라이샌더가 어둠 속을 더듬으면서 들어온다.

라이샌더   이놈, 어디 있느냐, 디미트리어스야! 어
서 말해 봐.
파 크   (디미트리어스의 음성으로) 여기 있다. 칼을 빼
들고 기다리고 있다. 넌 어디 있냐?
라이샌더   좋다, 곧 가마.
파 크   (디미트리어스의 음성으로) 좋다, 따라오너라,
좀더 평지로 가자.
디미트리어스   라이샌더야, 또 말을 해봐! 이 비겁
한 도망자야, 그래 도망쳤느냐? 말을 해봐라!
덤불 속으로 도망쳤어? 어디다 대가리를 처박
았느냐?
파 크   (라이샌더의 음성으로) 비겁한 놈 같으니, 그래
별을 보고 장담하고, 덤불을 상대로 싸울 테냐,
내게는 감히 덤비지도 못하고? 요 비굴한 놈 같

으니! 요 애송이 같으니! 너 같은 것은 회초리
로 충분하다, 구태여 칼까지 쓸 것도 없다. 칼
이 더러워질 뿐이니 말이다.

디미트리어스 음, 거기 있나?

파 크 내 말소리 나는 쪽으로 따라와, 여기선 실컷
싸워 볼 수 없으니까. (디미트리어스는 말소리 나는
쪽으로 따라간다)

라이샌더 다시 돌아온다.

라이샌더 그 녀석은 나를 앞질러 가서 늘 도전을
하지만 소리나는 곳으로 가보면, 벌써 없어졌
어. 그 악당 녀석은 나보다 훨씬 빠르고, 가벼
운가 보다. 나도 상당히 빨리 쫓아가는데, 그
녀석은 더 빨리 도망치거든. 그래서 결국 난 캄
캄하고 울퉁불퉁한 곳으로 오고 말았군. 아무튼
여기서 좀 쉬자꾸나. (둑 위에 눕는다) 자, 친절한
낮아, 어서 밝아져라. 낮이 그 희미한 빛이라도
가져다만 주면, 난 디미트리어스를 찾아내 가지
고 이 원한을 복수해 줄 테다. (잠이 든다)

디미트리어스가 뛰어들어온다.

파 크 (라이샌더의 음성으로) 호, 호, 호! 요 겁쟁이

야. 왜 따라오지 않느냐.

디미트리어스 네가 용기가 있다면 거기 서 있어.
그래 누가 모를까 보냐. 넌 내 앞을 요리조리
피해 달아만 나고 당당히 맞서 볼 생각은 없구
나, 그래 넌 어디 있느냐?

파 크 (멀리서) 이리 오너라, 난 여기 있다.

디미트리어스 뭐, 날 조롱하는 거냐? 이 댓가는 네
게 톡톡히 맛보여 주고 말겠다. 날만 밝아 봐
라. 그때까지 두고 보자. 아이고 고단해. 이젠
할 수 없군. 이 차디찬 땅바닥 위에 누워나 볼
까. 날이 새면 만나자꾸나. (라이샌더와는 다른 쪽
둑 위에 눕는다)

헬레너가 빈터에 들어온다.

헬레너 오 갑갑한 밤, 길고 지리한 밤아, 어서 지나
가라! 햇발이 동천에서 위안을 주면, 난 환한
낮에 아테네로 돌아갈 수 있을 거야. 그리고 싫
고 저 무정한 사람들을 피할 수 있을 것을! 그
런데 슬플 때 눈을 감겨 주는 잠아, 살그머니
찾아와서 잠시 내 마음을 잊게 해주렴. (손을 더
듬으며 둑으로 가서, 디미트리어스 곁에 누워 잔다)

파크 등장

파 크 아직도 세 명인가? 한 명만 더 오면, 남녀가
　　　두 명씩 네 명이 되는구나. 저기 오는구나, 화
　　　가 나가지고 비참한 꼴로. 큐핏은 과연 장난꾸
　　　러기거든, 약한 여자 마음을 그렇게까지 미치게
　　　만들어 놓다니.

　　　　허미어가 기운 없이 들어온다.

허미어 이렇게 답답하고, 이렇게 고민해 본 것은
　　　생전 처음이구나. 이슬에 젖고, 가시에 찢기고,
　　　이제 더 걸어갈 수도 없어. 다리가 말을 안 들
　　　어 주는구먼. 날이 샐 때까지 이곳에서 쉬었다
　　　갈 수밖에. 기어코 결투라도 벌어졌으면, 하느
　　　님, 라이샌더를 보호해 주소서! (라이샌더가 누워
　　　있는 둑으로 걸어가서 그 옆에 누워 잠이 든다)

파 크 대지 위에 곤히들 자라. 야 색골들아, 네 눈
　　　에 약즙을 발라 놓겠다. (라이샌더 눈에 약즙을 짜
　　　넣는다) 눈을 뜨면, 먼젓번 여자 눈을 보고 다시
　　　홀딱 반하게 된다. 속담마따나 한 남자에 한 여
　　　자씩, 잠이 깨면 알게 될 거야. 개똥이는 이쁜
　　　이를, 그리고 손톱만한 흠도 없으리라. 총각은

　자기 처녀를 도로 찾고, 만사 원만하게 끝을 보
리라. (파크 퇴장)

제 4 막

제 1 장

숙속
티테니어가 보텀과 함께 나타난다. 보텀의 당나귀 머리는
화환으로 장식되어 있다. 끝으로 오베론이 아무에게도 보이
지 않게 나타난다.

티테니어 자, 이 꽃밭에 앉으세요. 당신의 사랑스
러운 뺨을 만져 드리고, 반들반들한 머리에 사
향장미를 꽂아 드릴게요. 그리고 그 커다란 예
쁜 귀에 키스해 드릴게요. 우리 예쁜 어른.

보 텀 콩꽃은 어디 있니?

콩 꽃 예, 여기 있습니다.

보 텀 내 머리를 좀 긁어 다오. 그런데, 거미집 양
반은 어디 있니?

거미집 예, 여기 있습니다.

보 텀 이봐, 콩꽃 양반, 자네 손에 무기를 들고 가
서 엉겅퀴 꼭대기에 앉아 있는 아랫도리가 빨간
꽃벌을 죽이고, 꿀주머니를 가져다 주게. 이봐,
서둘지 말고 조심해서 꿀주머니를 터뜨리지 않
게 해야 되네. 자네가 꿀주머니로 해서 떠밀려
가는 날이면 안 되니 말일세. 그런데 겨자씨 양

반은 어디 있나?

겨자씨 예, 여기 있습니다.

보 텀 이봐 겨자씨 양반, 자네 손을 이리 주게. 아 이고, 인사는 그만두게.

겨자씨 무슨 용무신지?

보 텀 뭐 별것 아니다. 콩꽃 화랑(花郎)을 도와 내 머리를 좀 긁어 주게. 이발을 하러 가봐야겠는 걸. 글쎄 내 얼굴 주위에 굉장히 털이 많은 것 같구먼. 이래봬도 난 여간 민감한 나귀가 아니 라서, 털 하나만 간질여도, 긁지 않곤 못배겨낸 다니까.

티테니어 저, 무슨 음악을 좀 들으시겠어요, 네?

보 텀 난 음악을 썩 잘 이해하거든. 자, 땡그랑 땡 땡을 해보구려.

티테니어 그리고 뭣을 잡수시겠는지 말씀하세요, 네?

보 텀 아이고, 여물이나 많이 주시오. 썩 좋은 마른 기울을 와삭와삭 씹어 보구 싶구려. 그리고 건 초가 한 다발 있어야 할 것 같은데. 극상품의 건초, 달짝지근한 건초보다 더 좋은 것은 세상 에 없거든.

티테니어 제겐 몹시 용감한 요정이 있는데요, 그놈

을 시켜 다람쥐 곳간을 뒤져서 햇호도를 가져오
라고 할까요?

보 텀 그것보다는 두어 주먹의 마른 완두콩이 먹고
싶구먼. 그건 그렇고 부탁이 있소. 아무도 얼씬대
지 못하게 좀 해주오. 살그머니 잠이 오는구먼.

티테니어 제 팔에 안겨서 포근히 주무세요. 얘 요
정들아, 물러가서 각기 볼일들을 봐라. (요정들
퇴장) 이와 같이 담쟁이덩굴은 달콤한 인동덩굴
을 부드럽게 꼬아 감더구먼. 여자는 담쟁이덩
굴, 느릅나무의 건장한 가지를 이렇게 휘감겠
지. 아, 사랑스러워라! 정말 미쳐버릴 것 같네!
(둘 다 잠이 든다)

오베론이 다가와서 본다. 파크가 등장한다.

오베론 오, 로빈이냐, 이 멋들어진 꽃 좀 봐라. 어
떠냐 사랑에 넋이 빠진 티테니어가 이제 가엾게
까지 여겨지는구나. 방금도 숲 뒤에서 만났지만
이 밉살스런 바보에게 줄 선물로 꽃을 찾고 있
는 것을 보고, 그만 내가 비난을 퍼부어 싸움이
벌어지고 말았다. 그땐 벌써 티테니어는 싱싱한
향기를 풍기는 화환을 저 바보 녀석의 털이 북
석한 관자놀이에 감아 놓고 있었으니 말이다.

그리고 저기 이슬을 좀 봐라. 큼지막한 동양의
진주 모양 한때는 꽃망울 위에 오똑 부풀어 있
던 것이, 지금은 제 신세를 슬퍼하는 눈물처럼,
가련한 작은 꽃들 눈 속에 서려 있잖니. 내가 실
컷 욕을 해줬더니 여왕은 좋은 말로 참으라고
애걸하더군! 나는 냉큼 인디아 아이를 달라고
했지. 여왕은 즉석에서 그것을 승낙하고 요정을
시켜 요정 나라에 있는 내 전각으로 그 아이를
보내 왔더라. 그 아이를 얻었으니까, 이제 이 보
기 흉한 여왕님의 망령은 풀어 줘야겠어. 그리
고 파크야, 이 아테네 녀석 머리에서 귀신 같은
탈을 벗겨 줘라. 나중에 잠에서 깨면 다 함께 아
테네로 돌아갈 수 있을 거고, 오늘밤 일이 무서
운 꿈만같이 생각될 것이 아니냐. 그런데 우선
티테니어로부터 마력을 풀어 줘야겠다. 이전과
같은 눈으로 보라. (약즙을 티테니어의 눈에 발라 준
다) 순결한 다이아나의 꽃망울은 큐핏의 화살보
다 훨씬 더 많은 효험과 축복을 가졌느니라. 자,
티테니어, 요정의 여왕이여, 이제 눈을 떠.

티테니어 오, 오베론 임금님, 전 묘한 꿈을 꾸었어
요! 글쎄, 당나귀한테 반했었나 봐요.

오베론 저기 누워 있는 것이 당신 애인이오.

티테니어 어떻게 이런 일이 다? 아, 꼴만 봐도 구
　　　역질이 나는 저 낯짝!

오베론 쉿! 로빈아, 저 머리빡을 벗겨 줘라. 이봐
　　　티테니어, 음악을 연주해 다오. 이 다섯 남녀가
　　　죽은 듯이 곤히 잠들도록 말이야.

티테니어 음악을, 이것 봐, 음악을! 곤히 잠이 오게
　　　하는 음악을! (조용한 음악)

파 크 자 잠이 깨거든, 그 타고난 바보 눈으로 똑똑
　　　히 들여다봐. (당나귀 탈을 벗겨 준다)

오베론 야, 음악을! (음악 소리 점점 커진다) 자, 티테
　　　니어, 우리 손을 마주잡고, 이자들이 자고 있는
　　　대지를 흔들어 줍시다. (둘이서 춤을 춘다) 이제
　　　당신과 나는 다시 화해가 됐소. 내일 밤엔 티시
　　　어스 공작 집에 가서 흥겹게 춤을 추며 공작 내
　　　외분 자손들의 번영을 위해 축복해 줍시다. 그
　　　리고 저 두 쌍의 진실한 애인들도 티시어스 공
　　　작과 함께 즐거운 결혼식을 올리게 합시다.

파 크 요정의 임금님, 저것 좀 들어 보세요. 아침의
　　　종달새 노랫소리가 들립니다.

오베론 그럼 티테니어, 엄숙히 우린 밤의 그림자를
　　　좇아, 단숨에 지구를 빙 돌아 하늘의 달보다 더
　　　빨리 날아갑시다.

티테니어 자 오베론님, 같이 가는 도중에 얘기해
주세요. 간밤에 제가 이곳에서 잠이 들었을 때
인간들한테 들키고 말았는데, 도대체 어떻게 그
런 일이 일어났는지를요. (오베론, 티테니어, 파크
퇴장)

뿔나팔 소리. 티시어스, 히폴리터, 이지어스, 그밖의 사람
들이 사냥꾼 복장으로 등장

티시어스 누가 가서 산지기를 불러오너라. 이제 단
오절 제사는 끝났다. 아직 새벽녘이니까, 히폴
리터에게 사냥개의 음악 소리를 들려 줘야겠으
니, 서쪽 계곡에 풀어 놔라. 어서 해. 자, 누가
가서 산지기를 불러오라니까. (시종이 절을 하고
나간다) 그런데, 히폴리터, 우린 산봉우리에 올
라가서, 개들의 짖음이 메아리와 뒤섞여서 울리
는 우렁찬 음악을 들읍시다.

히폴리터 저도 전에는 허큘리즈랑 캐드머스를 데리
고 크리트 섬의 숲에 가서 스파르타 사냥개를
풀어 곰사냥을 한 일이 있어요. 그렇게 용감히
짖는 소리는 생전 처음 들어봤어요. 숲뿐 아니
라, 하늘과 샘도, 근처의 온갖 자연과 하나가
되어 하나의 공통된 울부짖음을 울리고 있는 것

만 같았어요. 불협화음이 그렇게도 음악적이고, 뇌성이 그렇게도 상쾌하게 들린 적은 생전 처음이었어요.

티시어스 내 사냥개도 스파르타 종(種)이오. 입술은 축 늘어지고 빛깔은 갈색, 머리에 늘어진 두 귀는 아침 이슬을 쓸고 다리는 굽어지고, 목덜미의 털은 흡사 테살아리 종의 황소같이 풍부하오. 속도는 느리지만, 그 짖는 소리는 가지각색의 종소리같이 자연히 장단이 맞소. 뿔나팔에 그만큼 장단을 맞추어 효과를 발휘할 수 있는 개 짖는 소리는 크리트, 스파르타, 테살리아 등지를 찾아봐도 들을 수 없을 거요. 직접 듣고 판단해 보시오. 그런데 아니, 가만 있자! 이 숲의 정(精)들은?

이지어스 공작님, 여기 자고 있는 것이 저의 딸년입니다. 이것은 라이샌더, 이것은 디미트리어스입니다. 그리고 이것이 헬레너, 네더 노인의 딸 헬레너입니다. 원, 이들이 어떻게 이렇게 같이 있게 되었는지 알 수가 없는데요.

티시어스 아마 단오 명절을 보러 일찍 일어났는가 보군. 그리고 사냥이 있다는 소문을 듣고 인사를 하러 왔었나 보군. 그런데 이지어스, 오늘은 허미어가 가부간 신랑을 결정하는 날이 아니던가?

이지어스 예 그렇습니다.

티시어스 자, 몰이꾼들보고 뿔나팔을 불어서 이자들을 깨우도록 일러라. (뿔나팔 소리, 아우성 소리, 네 사람이 눈을 뜨고 일어선다) 이제들 일어나나? 새들이 짝을 찾는 성(聖) 발렌타인 축제는 벌써 지났는데, 그래 이 숲의 새들은 이제야 겨우 짝을 갖기 시작한단 말이냐?

라이샌더 공작님, 용서해 주십시오. (네 사람, 공작 앞에 무릎을 꿇는다)

티시어스 괜찮다, 다들 일어서라. 너희들 두 사람은 확실히 원수지간일 텐데. 대관절 어떻게 이렇게 화해가 잘 되었느냐? 서로 앙심을 품고서도 조금도 상대를 의심치 않고 나란히 잠을 자다니.

라이샌더 공작님, 지금이 꿈결인지 깨어 있는지 어리둥절해서 대답을 잘 못하겠습니다. 그리고 모두들 어떻게 이곳에 와 있는지, 잘 알 수가 없습니다. 그러나 아마 정확히 말씀드리자면, 그러자면 지금 형편으론 아마 소리밖에 나오지 않겠습니다마는, 저는 허미어와 같이 온 것이었지요. 저희들 생각은 아테네에서 달아나 아테네 법률의 위협이 없는 곳으로 가려는 것이었습니다.

이지어스 이만하면 충분합니다. 공작님. 더이상 들
어 볼 필요도 없습니다. 제발 법을, 이자 머리
위에 내려 주십시오. 두 년놈들이 도망을 치려
고 한 것입니다. 이보게 디미트리어스, 두 년놈
이 도망을 쳐서 나와 자네를 속일 생각이었네그
려. 자네는 아내를, 나는 아버지 되는 자의 권
리를, 글쎄, 딸년을 자네 아내로 내줄 아버지된
자의 권리를 빼앗길 뻔했네그려.

디미트리어스 공작님, 실은 헬레너가 두 사람이 숲
속으로 도망칠 계획이라는 걸 귀뜸해 주었습니
다. 그래서 저는 홧김에 이곳으로 뒤쫓아왔지
요. 한편 저를 사랑하는 헬레너도 이곳까지 뒤
쫓아왔습니다. 그런데 공작님, 무슨 마력 때문
인지, 확실히 어떤 힘에 의하여, 허미어에 대한
저의 연정은 눈이 녹듯이 가셔 버리고, 지금은
어린 시절에 탐을 내던 보잘것 없는 장난감처럼
한낱 추억밖에 아닌 것 같습니다. 그리고 지금
은 오직 헬레너만이 저의 진정이며 마음의 힘이
며 눈을 즐겁게 하는 대상입니다. 원래 허미어
를 만나기 전에는 헬레너와 약혼을 한 사이였으
나, 마치 병이라도 걸린 것처럼 이 음식이 싫어

졌던 것입니다. 그러나 이제 다시 건강이 회복
되고, 평시의 입맛이 돌아왔는지 그것이 탐이
나고, 좋고 그리고 갖고 싶어졌습니다. 이제는
죽을 때까지 그것에 충실하겠습니다.

티시어스 다들 참 잘 만났다. 이야기는 나중에 또
듣기로 하자. 여보게 이지어스, 자네 청은 들어
줄 수 없겠네. 이 두 쌍의 남녀는 앞으로 나랑
같이 신전에서 백년가약을 맺게 하겠어. 벌써
아침도 상당히 지났나 보다. 사냥을 중지하고,
자, 다들 같이 아테네로 돌아가자! 신랑이 세
사람 신부가 세 사람, 엄숙한 식을 올리고 피로
연을 열기로 하자. 자 갑시다, 히폴리터. (티시
어스, 히폴리터, 이지어스, 그밖의 사람들 퇴장)

디미트리어스 온갖 일이 작디작고 분명치가 않은
것만 같구먼……. 먼 산들이 구름 속에서 희미
해 보이는 것처럼.

허미어 글쎄 말이에요. 한쪽 눈만으로 따로따로 볼
때처럼 모든 것이 이중으로 보이는 것 같애요.

헬레너 나두 그렇구먼. 난 디미트리어스를 손에 넣
었지만, 주운 보석처럼, 원 내 것인지, 내 것이
아닌지.

디미트리어스 그래 우리들은 확실히 눈을 뜨고 있

는 것일까? 내 생각엔 어쩐지 아직도 잠을 자고
꿈 속만 같은걸. 아까 공작님이 여기 와서 같이
따라오라고 하신 것 같은데.

허미어 음, 우리 아버님도 오셨댔어요.

헬레너 그리고 히폴리터님도.

라이샌더 그리고 공작님은 우리보고 신전(神殿)으로
오라고 말씀하셨어.

디미트리어스 아, 그럼 다 깨어 있었구면. 자 공작
님을 따라가자구. 그리고 가면서 꿈 애길 자세
히 하자구. (모두 퇴장)

보 텀 (눈을 뜨면서) 내가 등장할 차례가 되거든 날
불러 주게나. 그러면 난 내 대사를 할테니까.
이번엔 '절세의 미남 피라머스 씨'를 받아서 시
작이렷다. 여보게들! (하품을 하면서 주위를 두리번
거린다) 퀸스! 풀무 수선장이 플루트! 땜장이 스
노트! 스타블링! 제기랄, 다들 달아나구 나만
남아서 자고 있었나! 그런데 난 굉장한 꿈을 꾸
고 있었구먼. 그 꿈은, 글쎄 내가 꾼 꿈은 사람
의 지혜론 도저히 알 수 없는 꿈이거든. 사람이
그런 꿈을 알려고 해봤자, 당나귀처럼 어림없는
일이지. (일어나면서) 글쎄, 꿈에 내가…… 그건
아무도 알지 못할 테지만……, (손을 머리로 가지

고 가서 귀를 만져 본다) 꿈에 내가, 글쎄…… 허
지만 내가 나를 가지고 뭐 어쨌다고 말할 녀석
이 있을지 모르지만 사람이란 참 어릿광대밖에
못 되지 뭐야. 대체 아무도 내 꿈을 눈으로 엿
보지도 않고, 귀로 엿듣지도 않고 손으로 맛보
지도 않고, 혀로 상상하지도 않고, 심장으로 전
달하지도 않고 하잖았나. 그럼 퀸스를 찾아가서
내 꿈 얘기를 노래로 읊어 달랄까? 제목은 보텀
의 꿈이 좋겠구먼. 참 밑바닥도 없는 꿈도 다
있군 그래. 그리고 난 공작님 앞에서 연극이 끝
난 다음 그걸 노래 불러 보기로 하지. 아니 연
극이 좀더 맛이 나도록, 티스비가 죽을 때 부를
까. (퇴장)

제 2 장

쿤스의 집
쿤스, 플루트, 스타블링 등장

퀸 스 보텀네 집에 사람을 보내 봤나? 이젠 집에
돌아와 있겠지?

스타블링 그자의 소식은 깜깜한걸. 틀림없이 그잔
둔갑해 있었단 말이야.

플루트 그자가 아직 안 돌아와 있다면, 연극은 글
렀구먼, 해볼 도리가 없잖나?

퀸 스 중지할 수밖에. 아테네 시내를 다 뒤져도 피
라머스 역을 할 수 있는 사람은 그자밖엔 없어.

플루트 아무렴, 그잔 정말 아테네의 직공들 중에서
누구보다도 재치가 있는 사람이니까.

퀸 스 음, 생김새가 또한 제일이고, 더구나 그 달콤
한 음성도 맛따라지거든.

플루트 그럴 땐 멋들어지다구 하는 거야. 제기랄!
맛따라지다는 그런 말이 어디 있나.

스너그 등장

스너그 여보게들, 공작님이 신전에서 돌아오시는
길이라네. 그밖에도 두서너 쌍의 양반네들이 결
혼식을 올렸다네. 여흥이 잘만 되면 우리네도
모두 신세가 펼 것 같네.

플루트 아이구 호걸 보텀, 아깝게도! 이제 그자는
평생토록 하루 6펜스의 수당을 아주 놓쳐 버린
셈이구먼. 하루 6펜스는 틀림없을 텐데. 피라머
스 역만 잘해내면 공작님은 하루 6펜스의 수당
을 내리시고말고. 안 그렇다면 내가 교수형을
받아도 좋지. 암, 그잔 그만한 걸 받을 만하거
든! 피라머스 역이 일당 6펜스······. 그건 틀
림없을 텐데 말이야.

  보텀 등장

보 텀 이자들이 어디 있나? 다들 어디 있나?

퀸 스 보텀! 아이고 좋아라! 아이고 기뻐라!

보 텀 여보게들, 내 지금부터 이상한 얘길 하겠네
만 무슨 얘긴지 묻지는 말게. 글쎄 내가 그걸
얘기한다면, 난 정말 아테네 사람이 아니란 말
일세. 난 사건을 그대루 죄다 얘기할 생각이란
말일세.

퀸 스 제발 얘기해 주게나, 보텀.

보 텀   난 한 마디도 않겠어. 다만 내가 하고 싶은
        얘기는 공작님이 식사를 마쳤다는 것뿐이야. 자
        다들, 옷을 입고 수염을 튼튼한 끈으로 매달고,
        신에는 새 리본을 달구, 당장 대궐로 모이게.
        그리고 각기 자기 역을 복습들 해주게. 아무튼,
        요는 공작님이 우리들의 연극을 택하게 됐다네.
        어떤 일이 있어도 티스비 역에겐 깨끗한 모시
        옷을 입혀야 하네. 그리고 사자 역으로 나오는
        사람은 손톱을 깎아서는 안 돼. 글쎄, 사자의
        발톱은 길잖더냔 말이야. 그리고 우리네 출연자
        일동에게 부탁이네만 양파를 먹어선 안 돼. 마
        늘도 먹지 마라. 향긋한 입김을 내야 하니 말일
        세. 그리고 내가 장담하지만, 우리네 극은 달콤
        한 희극이라는 평을 꼭 들어야하겠으니 말일세.
        이제 정말 아무 말 않겠네. ……가세! 자, 가!
        (모두 황급히 퇴장)

제 5 막

제 1 장

티시어스 공작의 저택 안 홀
커튼이 내리쳐져, 뒤 복도로 통하는 출입구를 가리고 있다.
난로에는 불이 지펴져 있고, 등불과 횃불이 켜져 있다. 티
시어스, 히폴리터 등장, 필로스트레이트, 그밖의 귀족, 신
하들, 공작 내외 자리에 앉는다.

히폴리터 저 연인들의 얘기는 참 기묘하죠, 네?

티시어스 사실 같지 않을 만큼 참 기묘하구려. 그
런 기묘한 얘기나 동화 같은 얘기는 도저히 믿
어지지 않는구려. 연인이나 광인은 뇌 속이 끓
는 탓인지 터무니없는 환상을 그려내고, 마침내
는 냉정한 이성으로는 어림도 없는 일들을 생각
해 내기 마련이오. 광인과 연인과 시인은 머릿
속이 상상으로 가득 차 있소. 광대한 지옥도 좁
을 만큼 악마를 보는 자가 있는데, 이것이 곧
광인이오. 연인에게는 광인과 똑같이 깜둥이 계
집년의 얼굴이 절세 미인같이 보이게 마련이오.
시인의 눈 또한 요기(妖氣)에 불타고 한 번 보아
천상에서 대지를 내려다보며, 지상에서 천상을
쳐다보오. 이렇게 해서 시인의 상상력이 미지의
사물에 일정한 형태를 주면, 그 붓대는 그걸 구

체화시키며, 공허한 환상에다 장소와 명칭을 부
여하는 것이오. 강한 상상력에는 그러한 마력이
있는 법이라, 무슨 기쁨을 느꼈다 하면 상상력
은 그 기쁨을 가져다 줄 실태를 생각해내며, 혹
은 어두운 밤에 무섭다 하면 덤불도 쉽게 곰으
로 보이는 법이오.

히폴리터 하지만 간밤의 얘기를 자세히 들어 보니,
그리고 모두들 똑같이 맘이 변했던 사실로 미루
어 보면, 환상의 탓만도 아닌 것 같고, 무슨 커
다란 필연의 힘이 작용한 것 같기도 합니다만…
…. 아무튼 기적 같은 얘기예요.

티시어스 아, 그 연인들이 기뻐하며 오는구려.

라이샌더와 허미어, 디미트리어스와 헬레너, 웃으며 등장

티시어스 자네들, 축복하네! 사랑의 싱싱한 기쁜
나날을 맞게!

라이샌더 그보다도 더한 행복이 공작님 내외분의
산책에, 식탁에, 침실에 깃들길 진심으로 축수
합니다!

티시어스 그런데 무슨 가면극, 무슨 춤이 마련되어
있나? 밤참 후, 침실에 들 때까지 지루한 세 시
간을 메우기 위해서 말이야. 향연 책임자는 어

디 있나? 내용은 결정되어 있나? 연극은 없나?
참을 수 없이 괴로운 시간을 덜어 줄 연극 말이
야. 필로스트레이트를 불러라.

필로스트레이트 예, 여기 있습니다.

티시어스 오, 오늘 저녁을 위해서 무슨 명안이 있
나? 가면극은 어떻게 되었나? 음악은? 무슨 위
안거리가 없이는 지루한 시간을 메울 수 없을
것 아닌가?

필로스트레이트 만반의 준비를 해둔 가지가지의 여
흥 목록이 여기 있습니다……. 어떤 것부터 의
향이 계시는지 말씀하십시오. (목록을 내보인다)

티시어스 〈괴인 센토스족과의 전쟁. 출연—아테네
의 내시. 반주—하프〉 제발 그만두게, 이건 나
의 사촌 허큘리즈의 무훈을 자랑할 때 히폴리터
에게 벌써 얘기한 적이 있네. 〈주신(酒神) 박커
스를 제사 지낼 때의 무당들의 노염, 트라키아
의 가수 오르페우스를 찢어 죽인 이야기〉, 착상
이 너무 낡았구먼. 이건 내가 지난번 테베에서
개선했을 때 이미 구경했네. 〈최근 궁색하게 작
고한 현인을 애도하는 3. 3은 9명의 뮤즈 여
신〉, 이건 여간 가혹한 풍자가 아닌걸? 결혼 축
연엔 적합하지도 않구먼. 〈젊은 피라머스와 그

의 애인 티스비와의 지루하고도 간단한 장면,
비극적 환락의 일장〉, 환락의, 그리고 비극적이
라고? 지루하고 간단하다고? 이건 꼭 뜨거운
얼음, 불타는 눈〔雪〕이랄까, 이런 모순을 어떻게
조화시킬 수 있단 말인가?

필로스트레이트 공작님, 이 연극은 대사가 열 마디
정도밖에 안 됩니다. 제 견문이 좁긴 하지만 이
렇게 짧은 연극은 처음 봤습니다. 그러나 그 열
마디의 대사를 가지고도 너무나 길 정도올시다.
원체 지루하거든요. 영국 전체를 통하여 한 마
디의 적절한 대사도, 한 명의 적절한 배역도 없
으니 말입니다. 그리고 비극적이라고 하는 까닭
은 사실이 그렇습니다만, 극중에서 피라머스는
자살을 하니 말입니다. 저는 연습하는 것을 구
경했습니다만, 정말 이 눈이 흠뻑 눈물에 젖었
습지요. 그러면서도 우스워 죽을 지경이어서 그
렇게까지 즐거운 눈물을 쏟아 본 것은 처음이었
습니다.

티시어스 대체 어떤 자들이 출연을 하는데?

필로스트레이트 이곳 아테네의, 수족은 거칠고 지
금까지 두뇌라고는 써 본 적이 없는 직공들인
데, 생전 처음 기억력을 동원, 공작님 결혼을

축복할 생각으로 이 연극을 하겠다는 것입니다.

티시어스 그럼 그걸 구경해 볼까?

필로스트레이트 마십시오, 공작님. 구경할 만한 것
이 못됩니다. 저도 한 번 보긴 봤습니다만 이만
저만 엉터리가 아닙니다. 고생고생 외운 대사를
억지로 짜내서 공작님의 의향에 들도록 하는 그
자들의 뜻이나 겨우 가상하다구나 할까요.

티시어스 그 연극을 보기로 하겠어. 소박한 마음,
충실한 마음으로 해준다면 실수야 있겠는가. 어
서 불러들여라! 부인네들도 좌석에 앉으시오.
(필로스트레이트 퇴장. 모두, 극을 구경하려고 좌석에
앉는다)

히폴리터 전 별로 마음이 내키지 않는군요. 무리한
충성을 보이려다가, 결국 실수하면 가엾잖아요.

티시어스 이봐요, 그런 일은 없을 것이오.

히폴리터 하지만 연극에는 영 엉터리들이잖아요.

티시어스 엉터리라도 봐주는 것이 너그러운 마음씨
아니겠소? 남의 실수를 용인해 주는 것도 재미
있는 일이오. 아랫사람이 정성껏 해서 안 되는
경우에, 윗사람은 그 뜻만을 취하고 결과는 불
문에 붙이면 되잖소. 언젠가 내가 어디를 갔을
때 미리 준비된 환영사를 훌륭한 학자들로부터

받은 일이 있소. 그때 그분들은 달달 떨며 창백
해지고, 말도 도중에 막히며, 황공한 나머지 쉼
표도 없이 말이 끊어지고, 결국 벙어리같이 환
영사를 못하고 말았다오. 하지만 정말 난 그 침
묵 속에서 오히려 환영의 마음씨를 찾아냈소.
마구 조잘대는 건방지고 무엄한 웅변보다는 그
렇게 겸손하고 황공해하는 충실성이 나로선 훨
씬 더 좋게 느껴졌소. 그러니까 경애심과 혀를
속박당한 소박한 마음씨는, 말이 없으면 없을수
록 나에게는 더욱 웅변같이 들린단 말이오.

> 필로스트레이트가 돌아온다.

필로스트레이트 오래 기다리셨습니다. 지금 해설자
가 등장하겠습니다.
티시어스 곧 시작토록 하라.

> 해설자 퀸스가 커튼 앞에 나타나 긴 설명을 늘어놓는다. 그
> 런데 구두점을 마구 틀리기 때문에 말이 되지 않는다.

퀸 스 "만약에 여러분들의 비위에 거슬린다면, 이것
이 곧 저희들의 소원이외다. 여러분의 비위를
거스르려고 한 것은 아니고, 저희들의 소원인즉
서투른 솜씨를 보이자는 것이고, 이것이 곧 저

희들 목적의 진정한 동기외다. 저희들은 악의를 가지고 온 것입니다. 부디 그렇게 생각 말아 주십소서. 물론 만족해 주시리라는 생각은 추호도 없고, 저희들의 본의인즉 여러분을 즐겁게 하고자 온 것이 아닙니다. 여러분들을 실망케 할 생각은 추호도 없습니다. 지금 배우들이 등장하겠습니다. 우선 그들의 묵극(默劇)을 보시고 연극의 전후 관계를 잘 납득해 주소서." (채찍으로 커튼 뒤를 향해 신호를 한다)

티시어스 저자는 구두점을 마구 틀려먹는구면. 저런! 무슨 뚱딴지 같은 소린지 난 도무지 모르겠는걸.

라이샌더 흡사 사나운 망아지 꼴 같다 할까요? 띄어야 할 곳에서 띄지 않았으니까 저렇습니다. 공작님, 좋은 교훈이 하나 생겼습니다. 한다고 다 말은 아니고, 규격이 맞아야 한다, 어떻습니까?

히폴리터 마치 어린애가 피리를 마구 불어 대는 것처럼······. 소리는 나도 하나도 장단이 맞지 않는 것 같군요.

티시어스 엉클어진 쇠사슬 모양, 끊어져 있진 않아도 쓰지는 못하는 것 같구려. 이번엔 뭐가 등장하나?

커튼 앞에 피라머스, 티스비, 돌담, 달빛, 사자 등이 묵극의
자세로 등장. 서사 역으로 퀸스 다시 등장

퀸 스 "여러분, 혹시나 이 묵극을 이상히 여기실는
지 모르겠으나, 전후가 명백해질 때까지 당분간
이상히 여기고 계셔도 좋습니다. 말씀드리겠습
니다만 이분이 피라머스, 이쪽의 미인이 틀림없
는 티스비올시다. 이쪽 석회와 흙투성이가 된
남자는 돌담 역인데, 이 두 연인을 가로막고 있
는 자가 바로 이 더러운 돌담이올시다. 가엾게
도 두 연인은 겨우 담 틈으로 밖에 사랑을 속삭
일 도리밖에 없습니다. 이걸 부디 이상히 여기
지는 말아 주십시오. 이쪽에 개를 데리고 등불
과 가시덤불을 들고 있는 자가 달빛이올시다.
사연인즉, 두 연인은 창피한 줄도 모르고 달빛
아래 나이너스의 묘지에서 만나, 그곳 묘지에서
사랑을 속삭이도록 되어 있습니다. 이쪽의 무시
무시한 짐승은 이름은 사자라고 하는데, 약속대
로 밤 어둠을 뚫고, 먼저 나타난 티스비는 이
사자를 보고 놀라서 허겁지겁 달아납니다. 달아
나면서 망토를 떨어뜨리자, 망할 놈의 사자는

그 망토를 피묻은 입으로 더럽혀 놓습니다. 이 내 나타난 늠름한 대장부 피라머스는 정다운 티스비의 망토가 피에 젖어 있는 것을 발견하고 칼을, 피에 굶주린 칼을 빼들어, 피가 끓는 자기 가슴을 쿡 찌릅니다. 한편 뽕나무 그늘 밑에 숨어 있던 티스비는 달려와서 남자의 단도를 빼가지고 자살해 버립니다. 그 나머지는 사자, 달빛, 돌담 그리고 두 연인이 무대 위에 나왔을 때에 제각기 상세한 말씀 올리기로 되어 있습니다."

티시어스 원, 어떻게 사자가 말을 하나?

디미트리어스 이상한 얘기는 아닙니다, 공작님……. 한 마디쯤 말하는 사자가 있을 법도 합니다. 지금 세상은 당나귀도 말하는 놈이 얼마든지 있거든요. (돌담과 피라머스만 남고 모두 퇴장)

　　돌담이 세 걸음 앞으로 나온다.

돌담 "이 묵극에서 우연히 소생 스노트가 돌담 역을 맡았습니다. 헌데 미리 사뢰고자 하는 것은, 돌담은 돌담이지만 금이 간 구멍, 즉 틈이 나 있는 돌담입니다. 그 구멍으로 연인 피라머스와 티스비는 자주 몰래 만나서 속삭였습죠. 이 진

흙, 이 벽토, 이 돌들이 바로 소생이 돌담인 증
거올시다, 사실입니다. 그리고 이렇게 오른쪽과
왼쪽에 틈이 나 있는데 (손가락을 펴 보인다) 이
틈바구니 사이로 두 연인이 조마조마해 하면서
사랑을 속삭이도록 되어 있습니다."

티시어스   돌담한테 저 이상의 웅변을 기대할 수는
없겠지.

디미트리어스   글쎄올시다. 돌담의 대사치곤 제법
됐군요.

피라머스가 세 걸음 앞으로 나온다.

티시어스   피라머스가 돌담 옆으로 다가오는구먼.
쉿!

피라머스   "오, 보기에도 무서운 밤! 오, 시커먼 밤!
오, 해가 지면 반드시 찾아오는 밤! 오, 밤아,
오, 정든, 오, 그리운 돌담아! 우리들의 부모네
집 사이에 서 있는 돌담, 오, 정든 그리운 돌담
아! 네 구멍은 어디 있니, 이 눈으로 좀 들여다
보자꾸나! (돌담이 손가락을 벌려 준다) 고맙다. 친
절한 돌담, 네게 조브신의 보우가 있기를 축수
하마. 그런데 가만 있자. 뭐가 보이나! 티스비
는 아무래도 보이지 않는구먼. 요 나쁜 놈의 돌

담 같으니, 내 행복의 원천은 안 보이지 않느냐.
요 망할 놈의 돌담 같으니, 날 속여 먹다니!'

티시어스 저 돌담은 살아 있는 모양이니, 필시 대
꾸를 할걸?

피라머스 천만에요, 공작님, 대꾸는 하지 않을 겁
니다. '날 속여먹다니!'는 티스비보고 나오라는
신호이니까 이제 곧 등장할 겁니다. 그러면 전
돌담 틈으로 들여다볼 참입니다. 두고 보십쇼,
꼭 지금 말씀드린 것처럼 될 것이니까요. 마침
들어옵니다.

티스비 등장

티스비 "오, 돌담아! 우리 님 피라머스와 나와의 사
이를 가로막고 있는 넌 나의 한탄을 무던히도
여러 차례 들었었지. 나의 앵두 같은 입술은 무
던히도 여러 차례 너의 돌에 키스를 했다, 석회
와 머리카락을 이겨서 쌓아올린 너의 돌에."

피라머스 "말소리가 들린다. 자 틈바구니로 가서 보
자. 티스비의 얼굴이 아닐는지도 모르니, 티스
비!"

티스비 "그리운 이, 우리 님, 저어……"

피라머스 "저어고 뭐고, 난 당신의 애인이오. 리맨

더(리앤더)처럼 내 진정엔 변함이 없소."

티스비 "저도 헬렌(히로우)처럼, 운명의 여신한테 죽
는 날까지 영원히 변함없어요."

피라머스 "프로크러스(프로크리스)를 사모한 새펄러
스(세펄러스)도 이렇게까지 진정은 아니었을 것
이오."

티스비 "프로크러스를 사모한 새펄러스와 같은 진
정을 당신에게."

피라머스 "아, 키스해 다오, 이 망할 놈의 돌담 구
멍으로!"

티스비 "이렇게 돌담 구멍에 키스를 합니다만, 당신
입술에는 닿지 않는군요."

피라머스 "이 길로 곧 나이너스의 묘지에서 만나 주
시겠소?"

티스비 "생사를 불구하고 지금 곧 가겠어요."(피라머
스와 티스비 퇴장)

돌 담 "소생 돌담은 이렇게 소생의 역을 완수했습니
다. 완수한 이상은 이와 같이 썩 물러가겠습니
다."(돌담 퇴장)

티시어스 이제 벽은 쫓겨나고 달이 두 사람 사이에
이용되겠구면.

디미트리어스 벽은 쫓겨나도 할 수 없죠. 벽 주제

에 무단히 남의 말을 엿들어서야.

히폴리터 이런 엉터리 연극은 처음 보네요.

티시어스 아무리 잘해도 연극이란 그림자에 불과한
것이오. 그러니 아무리 나쁜 연극이라도, 상상으
로 보충만 한다면 과히 나쁘지는 않는 법이오.

히폴리터 그렇더라도 그건 당신의 상상력이고, 배
우들의 상상력과는 관계가 없잖아요.

티시어스 아니오. 배우 자신들만큼만 이쪽에서 상
상을 해 주면 다들 썩 좋은 배우로 통할 수 있
을 것이오. 야, 훌륭한 짐승이 두 놈 등장하는
구면, 달과 사자가.

사자와 달빛이 등장

사자 "숙녀 여러분, 마룻바닥을 살살 기는 망측한
작은 생쥐조차도 무서워할 만큼 순한 맘씰 가지
신 여러분들이니까, 이제 사자가 마구 으르렁대
면 아마 대단히 놀라시고 떠시겠습니다. 그러니
말씀드립니다만, 소생 스너그는 가구장이인데
우연히 무서운 사자역으로 등장했을 뿐이고, 실
은 절대로 암사자조차도 아니올시다. 소생이 정
말 사자가 되어 이곳에 와서 포악을 부린다고
친다면 그건 정말 비참한 일이 될 테니 말입니

다."

티시어스 매우 온순한 짐승이구먼. 더구나 무던히
양심적이구.

디미트리어스 이렇게 점잖은 짐승은 처음 봅니다,
공작님.

라이샌더 하지만 용기는 여우만큼도 못한 사자군요.

티시어스 사실 그렇구먼. 그리고 분별은 거위만큼
도 못하구.

디미트리어스 그렇지 않습니다. 공작님. 저자의 용
기를 가지곤 분별력을 잡을 수는 없지만, 여우
는 거위를 잡거든요.

티시어스 아냐, 저자의 분별력을 가지고는 용기를
잡을 수 없다고나 해야겠지. 거위는 여우를 잡
지 못하니 말이다. 그러니 자, 아무튼 상관없
어. 그건 저자의 분별력에 맡겨두고, 달빛의 말
이나 들어 보자.

달 빛 "이 각등은 초생달의 뾰족한 뿔이올시다……."

디미트리어스 뿔이라면 머리에 있어야 할 텐데.

티시어스 저자 머리는 아무리 봐도 초생달은 아닌데
뿔은 둥그런 얼굴 안에 가려져 있는 모양이지?

달 빛 "이 각등은 초생달의 뾰족한 뿔이올시다. 소
생은 달님 속의 사람이라고나 할까요."

티시어스 이런 엉터리가 세상에 어디 있단 말야. 그래 사람이 각등 속에 들어가 있어야 하다니, 안 그렇고서야 어떻게 달님 속의 사람이 된담?

디미트리어스 촛불이 있어서 그 속에 들어가 있을 순 없을 것입니다……. 저것 보세요. 지금 한창 촛불이 타고 있잖습니까.

히폴리터 아 보기 싫어. 저런 달은 빨리 퇴장해 주었으면!

티시어스 분별의 빛이 저렇게 작은 것을 보니, 머지않아 이울 것만 같소. 허지만 예의상으로 보나 이치상으로 보나 우린 참고 시간을 기다릴 수밖에 없구려.

라이샌더 어서 계속해 봐요.

달 빛 "소생이 여러분께 아뢰고 싶은 것인즉, 이 각등은 달님이고, 소생은 달님 속의 사람이고, 이 싸릿대는 소생의 계수나무고, 이 개는 소생의 개올시다."

디미트리어스 원, 그건 다 각등 속에 들어가 있어야 할 것 아닌가. 그것들은 죄다 달님 속에 들어 있는 것들이니까. 허지만 내버려두죠! 지금 티스비가 들어오는군요!

　　　　티스비 등장. 사자와 달빛이 복도 앞의 커튼을 연다. 그곳
　　　　에는 '나이너스의 묘지'라고 씌어진 푯말이 서 있다.

티스비　"이것이 오래된 나이너스의 묘지구먼. 우리
　　　　님은 어디에?"

사　자　(으르렁댄다) "어홍!"

　　　　티스비는 망토를 벗어 던지고 허겁지겁 달아난다.

디미트리어스　멋지게 으르렁대는군요, 사자란 놈
　　　　이!

티시어스　멋지게 달아나는구나, 티스비가!

히폴리터　멋지게 비춰 대네요, 달님이! 참말로 저
　　　　달님은 제법 멋지게 비춰 대네요. (사자가 티스비
　　　　의 망토를 물어뜯는다)

티시어스　멋지게 물어뜯는구먼, 사자란 놈이!

디미트리어스　이제 피라머스의 등장이구먼.

　　　　피라머스 등장, 사자 퇴장

라이샌더　그리고 결국 사자의 퇴장이고.

피라머스　"정다운 달아, 네 덕분에 낮과 같이 밝구
　　　　나. 이렇게 밝게 비춰 주니 고맙다. 달아, 너의
　　　　친절한 황금빛의 번쩍이는 빛 덕분에 나는 믿고

믿는 티스비를 만날 수 있을 것 같구나. 그런데
가만 있자. 아이고, 이런 나좀 봐라, 불쌍한 기
사(騎士)야, 오! 이게 무슨 무서운 슬픔이냐?
눈이 보이느냐? 어떻게 이런 일이? 오 사랑하
는 오리 같은, 내 사랑이여! 당신의 좋은 망토
가 이렇게 피에 더럽혀지다니. 그럼 오라, 잔인
한 복수의 신들아, 자 운명의 신들아! 어서 와
서 내 목숨의 실끝을 잘라 가라. 자 두들겨 패
고, 마구 부수고, 막 치고, 때려 죽여 다오!"

티시어스 야단법석이구먼. 애인이 죽고 보니…….
저렇게 비통한 표정도 오히려 당연해.

히폴리터 역시 저이가 가엾긴 가엾군요.

피라머스 "오 조물주여, 어쩌자고 사자를 만드셨
소? 망측한 사자란 놈이 내 애인의 꽃초 같은
목숨을 망쳐 놓아 버렸구려. 절세의 미인, 이
세상에서, 원……. 아까까지도 살아서 만인에게
사랑을 받고, 우러러보였을 것을. 자 눈물아,
마구 쏟아져라, 자 칼아, 칼집에서 나와서 이
피라머스의 가슴팍을 찔러라. 옳다, 왼쪽 가슴,
염통이 뛰고 있는 왼쪽 가슴팍을! (가슴을 찌른
다) 이렇게 죽는다. 난 이렇게 이렇게 죽는다…
…. (칼을 떨어뜨리고 비틀비틀 묘지 있는 곳까지 걸어

가서 쓰러진다) 이제 난 죽는다. 이젠 사바 세계
와는 하직이다. 내 영혼은 하늘로 날아간다. 해
는 빛을 잃어버려라! 달은 달아나 다오! (달빛
퇴장) 자, 이제는 사바와 하직이다. 하직, 하직
이다. 영영 이 사바를." (자기 낯을 가린다)

디미트리어스 저자는 사(死→四)점이 아니라 겨우
일 점밖에 안 되는구먼. 혼자뿐이니까.

라이샌더 저잔 하나의 가치도 없는걸. 사바를 하직
했으니까, 영(零)이 아닌가?

티시어스 아, 저자는 의사의 치료를 받아 당나귀로
소생해 가지구 더욱더 바보짓을 할는지도 모르
지.

히폴리터 어째서 달빛은 들어가 버렸을까? 티스비
가 돌아와서 자기 애인의 시체를 알아봐야 할
텐데.

티시어스 그야 별빛으로 알아보겠지. 이제 여자의
등장이구먼. 그러면 여자의 비탄으로 막이 내리
겠구먼.

　　　　티스비 등장

히폴리터 피라머스가 저래 가지곤, 그리 길게 비탄
하지는 않을 거예요. 제발 얼른 끝내 주었으면.

디미트리어스 저런 피라머스에다 이런 티스비, 앉
은뱅이 저울에 달면 먼지 하나의 차이라고나 할
까요. 제기, 저런 남자 역이 다 어디 있나, 여자
역도 그렇고, 피장파장이구먼.

라이샌더 여잔 벌써 남자를 알아보았군, 눈이 밝기
도 하구먼.

디미트리어스 그래서 왈…….

티스비 "주무세요, 우리 님? 아니 죽으셨수? 그리
운 이, 피라머스 씨. 일어나서 말을 하세요. 네,
온통 벙어리? (남자의 얼굴을 붙들어 올린다) 죽었
나요, 죽었어요? 무덤 속에 당신의 고운 눈은
묻혀야겠구나. 이 새하얀 입술, 분홍빛의 코,
노란 복숭아 같은 볼, 모두 사라져 버렸네. 오
천하의 여인들이여, 같이 슬퍼해 줘요. 이이의
눈은 부추같이 파랬는데……. (운다) 운명의 여
신들아, 어서 내게로 와서, 젖빛같이 하얀 너희
들의 손을 핏덩어리 속에 적셔라. 우리 님의 비
단실 목숨 줄을 너희들이 끊어 놓지 않았느냐.
혀야, 자·널 믿겠다. 칼아, 내 가슴을 찔러라.
(피라머스의 칼을 찾다가 없으니까, 칼집으로 찔러서
자살을 한다) 안녕히들 계세요, 이렇게 티스비는
죽어요. 안녕히, 안녕히!" (피라머스 시체 위에 털

썩 쓰러진다)

사자, 달빛, 돌담들이 등장하고 나이너스의 묘지는 커튼으
로 가려진다.

티시어스 달빛과 사자가 남아서, 시체를 처리하게
되겠구먼.

디미트리어스 네, 돌담도 같이요.

사자 아니지요, 그렇지 않습니다. 양쪽 집안을 막
고 서 있던 돌담은 벌써 허물어지고 없습니다.
(품안에서 종이 쪽지를 꺼낸다) 그럼 이제 끝말을
보여드릴깝쇼. 아니면 저희들 중에 누구 두 사
람에게 버고마스크의 시골 춤이나 추게 하여 보
여드릴깝쇼?

티시어스 끝말은 제발 빼주게나. 자네들의 연극은
변명의 여지가 없으니까, 끝말로 변명은 제발
하지 말게. 등장인물들은 모두 죽고 비난을 받
을 상대가 아무도 없으니 말일세. ……하긴 이
연극의 작가가 피라머스 역에 출연해서 티스비
의 양말 대님으로 목을 매죽었더라면 썩 멋있는
비극이 되었을 텐데 그랬군. 그건 그렇고, 정말
훌륭히들 잘했네. 아무튼 버로마스크 시골 춤이
나 보여 주게, 끝말은 생략하기로 하고. (달빛과

돌담이 버고마스크 춤을 추면서 퇴장하고, 사자도 퇴장한다. 티시어스가 일어서면서 말을 계속한다) 심야의 종은 지금 막 열두 점을 쳤소. 자 연인들, 신방으로 들어들 가보지. 이럭저럭 요정들이 나타날 시간이 됐는가 보군. 오늘밤엔 이렇게 늦게까지 밤샘을 해서 내일 아침에는 늦잠을 자지나 않을까. 어색한 연극이기는 했으나 덕분에 지루한 밤이 가는 줄도 몰랐구먼. 자 이제 자러 갑시다. 앞으로 두 주일 동안은 매일밤 이렇게 잔치를 열고 여흥도 가지각색으로 해봅시다.

티시어스가 히폴리터를 데리고 퇴장, 그 뒤를 따라 애인들도 서로 손을 붙들고 퇴장. 이어 모두들 퇴장. 등불이 꺼지고 무대는 컴컴해지고 타다 남은 난롯불만이 빨갛게 보인다. 파크가 빗자루를 들고 등장

파 크 지금은 밤중, 굶주린 사자는 으르렁대고 늑대는 땅을 보고 울어 댄다. 낮일에 온통 지친 농부는 곤히 코를 골고 있다. 타다 남은 난롯불은 빨갛게 자고 있고, 비참하게 누워 있는 환자는 올빼미의 불길한 울음 소리에 수의를 연상한다. 지금은 밤의 세계, 무덤은 아가리를 딱 벌리고, 망령들은 교회문을 미끄러져 나온다. 우리네 요정들은 태양빛을 피하여 꿈같이 암흑을

쫓아 달님의 마차와 나란히 달려간다. 요정들,
자, 우리의 세상이다. 희희낙락해 보자. 생쥐
한 마리도 얼씬대지 마라. 이 댁은 신성한 댁이
니라. 내 임무는 빗자루를 들고 앞에 나서서 문
뒤의 먼지를 터는 일이다.

> 별안간 오베론과 티테니어와 요정들이 몰려 들어온다. 모두
> 들 초가 꽂힌 모자를 쓰고 있는데, 난로 옆으로 지나가면서
> 초에 불을 붙인다. 무대가 활짝 밝아진다.

오베론 다 타가는 난롯불에 촛불을 당겨서, 이 댁
에 활활 타는 불빛을 주자. 자 요정들아, 모두
들 춤을 추어라, 덤불에서 날아나온 새들같이
경쾌하게. 내가 노래할 테니 같이들 따라 부르
며 얼씨구 절씨구 춤들을 추어라.

티테니어 (오베론에게) 먼저 당신이 한 마디 한 마디
장단을 맞춰서 노래부르시면, 우리 요정들 모두
가 손에 손을 마주잡고, 곡조도 아름답게 노래
부르며, 이 댁에 무한한 축복을 빌기로 하죠.

> 오베론이 먼저 노래를 부르고, 그뒤에 요정들이 합창을 한다.
> 노래를 부르면서 손을 맞잡고 춤을 추며 무대 뒤를 돈다.

오베론 자 요정들아, 날이 샐 때까지

이 댁을 돌자꾸나
우리 둘이는 새색시 신방에 가서
축복을 해주련다
태어날 아이에게도
행운을 빌어 주자꾸나
세 쌍의 신랑 신부
백년 해로하시라
태어날 아이들은
흠 없이 태어나라
사마귀, 언청이, 흉터 같은
불길한 흠을 지고
행여 세상에 태어나서
멸시를 받게 되지 마라
요정들아 저마다 가서
들의 이슬을 따다가
이 댁의 방방마다 뿌리고
흐뭇하게 축복하여
이 댁 주인을 영원히 축복하게 하라
자, 뛰어들 가라, 머뭇거리지 말고
새벽까진 돌아오너라.

요정들 퇴장, 무대는 컴컴해지고 다시 조용해진다.

파 크 혹시, 저희네 요정들이 한 짓이 마음에 안 드
시거든, 이렇게만 생각해 주십시오. 잠시, 졸고
계시는 틈에 꿈을 꾸신거라고요. 그래야 화도
풀리실 것 아닙니까? 이 빈약하고 보람 없고 꿈
같은 연극을 부디 과히 꾸짖진 마십시오. 용서
를 해주신다면, 저희들 앞으로 힘써 고쳐 나가
겠습니다. 만약에 의외로 요행히도 비난의 힐책
을 모면만 하면 머지않아 좀더 나은 솜씨를 보
여드리겠습니다. 모두를 대표하여 이 정직한 파
크놈이 약속하오니 그렇게 되지 않으면 저를 거
짓말쟁이라고 부르셔도 좋습니다. 그럼 안녕히
들 주무십시오. 마음에 드신다면, 자, 박수를
쳐주십시오. 그럼 무대 위에서 다시 뵙겠습니
다. (파크 퇴장)

자 료 편

셰익스피어의 희극

행위는 등장인물의 내부에서부터 발생하는데 대하여
플롯은 작자가 외부에서 부여하는 것이다. 개인을 중심
으로 하는 행위의 추구가 비극의 성립 조건인데 대해
복수(複數)의 등장인물을 움직이는 교묘한 플롯이 희
극에서는 필수조건이다. 비극에서는 가공할 신(神) 앞
에 직면하고 악(惡)은 미지의 불가사의한 세계로부터
지상으로 스며나오는데 대하여 희극에서의 인물은 사
회적인 존재요, 악은 주위 환경에서 초래되는 인간적인
것이다. 비극에서는 우리의 경탄심을 자아내고 주인공
의 개성의 내적 갈등에 집중되는 제재(題材)가 흥미의
초점이 되는 데 대하여 희극에서는 개인은 군상(群象)
속에 흐려진다. 희극은 본질적으로 짜임새 있는 극이라
야 하며 보다 더 기교적이라야 한다.

영국의 중세극은 기교적으로는 아주 유치했으나 희
극적 성격이 전혀 없지는 않았다. 도덕극(道德劇)의 악
역 등은 싱싱한 희극적 생명으로 넘쳐 흘러, 엘리자베

스 조(朝)에 들어서자 충분히 기세를 발휘하여 유명한 폴스태프도 그 훌륭한 후예의 하나로 간주되고 있다.

그러나 중세극에는 희극이 없었다. 엘리자베스 시대의 극작가들은 희극의 전형을 로마 희극에서 찾았다. 로마 극은 연극적으로는 그리스 극보다 훨씬 뒤떨어졌으나, 무대적인 기교면에서는 놀랄 만큼 발전되어 있었다. 셰익스피어는 훌륭한 희극 작가이기도 했으므로, 젊은 셰익스피어가 극작술을 로마 희극에서 습득한 것은 당연한 일이라 하겠다.

최초의 희극이라고 하는 《착오 희극(The Comedy of Errors)》(1592~3)은 플로터스의 어떤 희극을 거의 번안한 것이었다.

주인과 하인의 두 쌍둥이가 서로 상대방을 알지 못한 채 같은 거리에서 만난다는 것부터가 있을 수 없는 일로, 순전히 익살극이며, 이후의 희극과도 별 관계가 없다. 그러나 익살극치고는 한 가지 고려해야 할 점이 있다. 이 쾌활한 광대 희극의 바로 첫머리에 '사형 선고'라는 말이 나오는 것이다. 불행한 이지언이 그의 슬

픈 생애를 진술하고 사형을 논고받는 제1막 제1장은
참으로 충격적이다. 전체 분위기는 쾌활하면서도 그와
같은 심각한 정서는 어쩐지 전편에 감돌고 있는 것만
같다. 대개 익살극이라고 하면 인위적인 어리석음의 영
역에 머물러야 할 것인데, 이 광대극은 개막 초에서 사
형이 강조되고 죽은 줄로만 알고 있던 이밀리어를 찾게
됨으로써 우리는 극중 인물들을 실재 인물같이 착각할
정도이다. 주인 쌍둥이의 개성은 거의 차이가 없으나
하인 쌍둥이의 한쪽은 실재보다 다소 엉뚱하게 재치있
어 보이는가 하면, 다른 쪽은 다소 우둔한 듯하다. 말
괄량이와 민감한 처녀인 두 자매에 대해서도 우리는 실
재 이상으로 공감하게 된다. 낭만과 현실의 분위기는
잠시나마 창녀까지도 훌륭한 여인으로 보이게 한다. 천
박하고 조야(粗野)한 대로 이 극은 장차의 발전을 약속
하고 있는 것이다.

　아무튼 고전 희극을 본딴 작품답게 삼일치(三一致)의
법칙을 어느 정도 지키고 있을뿐더러, 소극(笑劇)답게
신소리가 연발되고, 동작도 활발하다. 동시에 다른 초기

의 희극들과 더불어 소극다운 웃음 속에도 희극의 영역
에서 근대적 로맨스를 중세적 로맨스로 대치하여, 제2
기의 낭만 희극을 암시한듯 하며, 헤어졌던 가족들이 다
시 만나게 되는 주제 또한 말기의 낭만극의 싹이다.

　다음의 희극 ≪말괄량이 길들이기(The Taming of
the Shrew)≫(1593~4) 역시 소극다운 환경 때문에
비교적 생기를 발산한다고 볼 수 있겠는데, 그러나 이
극이 순전히 소극에 불과한 것일까. 사실 종래 여러 배
우들과 연출자들이 소극적인 면을 너무나 강조해 왔지
만, 본질을 자세히 검토해 보면 원초적이나마 순수한
희극 형태를 지닌 작품이라 하겠다. 소극의 플롯과는
달리 이 극의 플롯은 현실과는 전혀 무관한 가공적인
것이 아닐뿐더러, 캐터리너와 페트루치오의 성격은 신
파적인 가면 너머에 연극적인 것을 지니고 있다. 페트
루치오는 한낱 보기 흉한 야만인은 아니다. 그는 괴팍
하지만 신사이며, 젊은 셰익스피어가 흥미를 느낀 최초
의 소박한 성격 묘사인 것이다. 캐터리너 또한 외관과
실재의 연극적 처리의 최초의 소산이라 하겠다. 그녀는

자기가 무척 영리하다고 자부하고 있고, 온순한 여동생
에 대한 멸시감이 강한 나머지, 그녀는 제 자신에 돌아
오는 해악(害惡)을 알 수는 없어도 타인에게 미치는 자
기의 인상을 어렴풋하게나마 알고 있다. 그러나 그녀는
천성이 지독한 악녀가 아니라 그저 왈가닥을 가장한 것
뿐이었고 이것은 소극적인 환경이 아니라 희극적인 환
경인 것이다. 이 점이 곧 성격상에서가 아니라 태도상
에서의 내적 변화를 극작가에게 허용하는 것이다. 그녀
는 야비한 남편한테서 욕을 보는 아내가 아니다. 그녀
의 눈에서는 사랑의 빛이 번뜩이고 음성에는 음악이 감
돈다. 참으로 즐거운 아내로 변용한다. 그녀의 마지막
대사는 풍자적인 거짓말이 아니라 새 행복을 발견한 근
대적 여성의 입에서 우러나오는 진실의 토로라 하겠다.

　사랑과 우정을 기본 주제로 하는 ≪베로나의 두 신
사(The Two Gentlemen of Verona)≫(1594~5)
를 제작할 무렵부터 이른바 셰익스피어의 이중 영상(二
重映像)은 그의 극에서 여러 가지 형태로 구현되기 시
작한다. 그 하나는 모든 관점에서 관찰되나 사랑의 어

리석음과 부지구성(不持久性)을 인지함으로써 절제되는 사람의 초연력(超然力)이요, 다른 하나는 이상(理想)의 인식으로, 이는 경험이 이상의 분석을 항시 우리에게 강요하는 상식으로써 가감되는 그러한 인식이다.

바꾸어 말하면, ≪베로나의 두 신사≫ 이후의 희극에서는 인간 인습과 비현실적인 몽환(夢幻)에 다같이 반대하는 자연율(自然律)을 명백히 인지하고 있는 것이다. 정열이 온갖 사려(思慮)를 압도하는 실정과 여성의 관점을 보여줌으로써 이 극은 지금까지와는 다른 영역을 보여준다. 프로우티어스는 우정을 배신하지만, 배신할 수밖에 없는 사정으로 배신당하는 상대방조차도 용납한다. 순결과 타인에 의한 소유는 휴지(休止) 상태의 정열을 자극시킨다는 사실을 우리는 알고 있다. 이것이 이 극의 일부 주제이기도 하지만, 줄리아는 색다른 요소를 가져다 준다. 셰익스피어의 여성 중에 최초로 남장을 하는 그녀는 신파적이 아닌 연극적 인물로 발전하여 이 희극이 무력해짐을 막는다. 그녀는 뭐라고 설명하기 어려운 사랑의 힘을 발산하며, 현실 세계를 가져

다 주고, 따라서 그녀가 등장하면 극의 진행은 활기를
띤다. 그뿐 아니라 그녀의 매력은 자기의 현실적인 궤
도 안에 남들을 포용한다.

　이 희극에서 한 가지 더 지나치지 못할 점은, 셰익스
피어는 어렴풋하기는 하나 어릿광대 하인인 라안스와
스피드를 통하여 사랑의 어리석음을 경고한다. 벨런타
인의 행동에 대한 스피드의 거칠고도 풍자적인 묘사며
'훌륭한 애인(a notable lover)'을 '지독한 바보(a not
able lubber)'로 뒤집는 라안스의 솜씨는 낭만적 영역
에 상식적 정신이 침입한 것이라 하겠다.

　그러나 ≪베로나의 두 신사≫에서는 당대의 우정관
이 실질적으로 파괴되지는 않고 우정의 추태를 암시하
고 있을 뿐임에 반해 ≪사랑의 헛수고(Love's Labour'
s Lost≫(1594~5)에서는 체험에서 오는 웃음이 허
식의 인위성을 산산이 깨뜨리고 풍자한다. 이 희극은
한편으로는 젊은이들의 어리석음에 대한 선의의 풍자
요, 한편으로는 문체의 연습인 듯한 인상을 준다. 작자
는 교묘한 플롯은 피하고 해학적인 반어(irony)를 가

지고 말의 큰 향연을 베푼다.

셰익스피어는 초기에는 선배 작가의 모방을 해왔지만, 젊은 극작가로는 모방보다는 반어가 더 알맞은 수단일 것이므로, 아이러니는 타인의 문체를 그대로 따르기를 거부하게 하는 동시에 원형(原型)의 깊은 원천을 지각하게 한다. 사실에 있어 효과적인 반어법은 경멸에서가 아니라 항상 절도를 유지하는 존경에서 나오게 마련이다. 모방에서부터는 단일(單一)이라는 위험이 오기 쉽다. 그러나 아이러니를 연습함으로써 젊은 극작가는 기교의 극치를 습득할 수 있었으며, 자기 자신의 표현 방법을 발전시켜 가면서 타인의 입을 빌려 표현하는 능력을 배울 수 있었을 것이다.

이 극은, 문체가 다채로운 것처럼 극의 주제 또한 단순하지는 않다. 셰익스피어가 베룬 안에 자기의 이상적인 상(像)을 표현한 것이라는 추측이 있어 왔지만, 이는 확인할 길이 없고, 다만 우리 앞의 베룬은 이미 페트루치오나, 사생아 포큰브리지에서 나타난 형과는 완전히 변형된 것이요, 그는 솔직하며 형식을 싫어하고

이상을 현실과 절충시키는 인물이다. 여인의 눈의 매력
에 관한 그의 유명한 대사는 이 극의 주제의 일부이기
는 하나 그것은 일부에 지나지 않는다. 끝에 가서는 그
가 일년 열두 달 하루도 빠짐없이 병자를 위문하여 웃
기게 하라는 벌을 로절라인한테서 받았을 때, 그의 수
다스러운 정신은 수양되어야 할 판국이었다.

그는 확실히 이 극의 주인공은 아니지만 작자의 대
변자라 할 수 있다. 궁정의 즐거운 웃음판에 느닷없이
언급되는 병자는 ≪착오 희극≫의 개막초에 언급되는
사형 이상으로 우리에게 충격을 주는데, 셰익스피어는
슬픔을 생각하지 않고서는 농담을 할 수 없으며, 그리
기에 그 농담은 한층 더 심각해지게 마련이다. 또한 그
가 사랑을 맹세하면 반드시 시간의 잔인한 낫이 내리치
는 불길한 소리가 귓전에 들려오며, 그러기에 그 사랑
또한 보다 더 심각하게 마련이었다.

지금까지의 희극에서 셰익스피어는 여러 가지 주제
를 다각도로 실험해 왔지만 ≪한여름밤의 꿈(A Midsu
mmer-Night's Dream)≫ (1595~6)은 셰익스피어

의 최초의 위대한 희극으로, 종전의 모든 수법이 이 한 편에 다 담아져 있다. 그러나 재료는 종전의 그것들이 면서도 그 구조는 전혀 딴판인 것이다. 티시어스와 히 폴리터로 말미암아 마련된 틀 안에 두 쌍의 애인과 직 공들과 요정의 세계가 놓여지며, 이것들은 죄다 '착오' 라는 주제로 관계를 갖는다.

이 극에서 셰익스피어는 또 하나의 집념을 비로소 명백히 제시했다. 그것은 몽환과 현실이라는 개념이며, 처음으로 그는 외관과 실재를 대담하게 대조시킨다. 이 두 요소는 이후 극의 내적 본질을 이루게 되지만, 그의 이중 관점과 상식적인 인생관과 자연과 일치될 수 있는 능력이 모두 여기서 우러나온 것이다. 외관과 실재, 이 양자는 이제 그의 극에서 교향악에서의 주제처럼 상호 작용을 하여, 높아졌다가는 낮아지고 변형을 하여, 잠 시 하나로 합쳐지는가 하면 이내 분리되어 대위(對位) 음악과 같은 효과를 발휘한다.

이제, 셰익스피어의 솜씨는 명백히 성숙해진 것이다. 여러 평론가들이 이미 간파한 것처럼 티시어스는 극의 진행을 비판하고, 끝에 가서 극의 분규를 원만하게 해결지어 주는 상식적인 두뇌의 소지자이므로 그는 요정 세계의 인물들을 부정하고, 자연의 힘과 결탁하여 인위적인 율법(律法)을 극복하며, 젊은 서정적인 사랑도 부정한다. 그러나 티시어스 이외에 이 극에는 또 하나의 상식적인 머리를 가진 성격이 있으니 그는 보텀이라는 인물이다. 이 보텀은 요정 여왕의 키스를 받았다. 원래 셰익스피어적 상식을 티시어스적 현실의 테두리 안에다 제한할 수는 없고, 현실과 상상의 두 세계를 다 같이 포용하고 있는 것이다.

　《한여름밤의 꿈》에서는 월광(月光)이 요정들이 출몰하는 숲 위에 고요히 내려비치고 있으나 《뜻대로 하세요(As You Like It)》(1599~1600)의 숲은 부드러운 햇빛을 흠뻑 받고 있다. 아테네 교외의 숲은 요정과 엘리자베스 조의 직공을 다같이 맞이하며, 아어덴의 숲은 프랑스나 시인의 고향 위릭셔의 숲인 동시에 환상의 영역이다. 《뜻대로 하세요》는 전원극이라 할 수 있는데 전원주의(田園主義)를 풍자한 전원극으로, 인습적 현실과 이상의 두 세계가 전개된다. ≪한여름밤의 꿈≫에서는, 티시어스는 한낱 상식적인 인물이요, ≪뜻대로 하세요≫에서의 인간 터치스톤은 이 극의 대변자라 할 리얼리스트요, 로절린드는 자기 자신은 사랑에 깊이 빠져 있으면서도 터치스톤의 현실주의를 솔직히 용납한다.

이는 곧 모순되는 성격에서 오는 대조라기보다 대조가 내적인 것을 의미한다. 터치스톤은 어리석은 짓임을 알고 있으면서도 스스로 아어덴 숲을 찾아가며, 사랑의 어리석음을 똑똑히 알고 있으면서도 못생긴 시골뜨기 오드리와 결혼하는 철저한 리얼리스트이다. 그리고 로절린드는 어느 여인에 못지않게 열렬한 사랑을 하고 있으면서도 사랑의 허무함을 예리하게 인정하고 있는 것이다. 우리가 마주 대하는 이러한 세계는 모순의 세계인데, 이 세계는 생(生)과 사(死)의 영원한 모순도 지니고 있다.

셰익스피어는 명백히, 인간을 사랑하고 또한 두려워했다. 그리고 그는 고독을 사랑한 동시에 한 인간이 사회적 동물이라는 사실도 인지했다. 온갖 것의 존재 의의는 관점 여하에 따라 상대적인 것이다. 여기에서 셰익스피어는 그것을 직관하는 것이다.

　이제 셰익스피어의 낭만 희극(浪漫喜劇)은 성립되었다. 지금까지 셰익스피어의 희극은 광대적인 코메디〔現實諷刺〕의 세계와 로맨스〔中世說話文學〕의 세계를 교체 성장해 왔는데 ≪한여름밤의 꿈≫에서부터는 이 두 세계가 완전히 융합된 로맨틱 코메디라는 새로운 형식의 희극이 탄생된 것이다. 원래 코메디란 로마 희극으로, 현실을 풍자함이 주안(主眼)이니 거기에는 광대역〔fool, 로마 희극에서는 식객〕이 등장하여 모순된 현실을 풍자하며, 소극적 요소가 짙게 마련이다. 한편 로맨스란 중세기의 설화 문학으로 중세기의 연애관인 궁정적 연애와, 중세기의 기사가 군주에게 충성을 다하듯이 남성이 여성에게 절대 복종하는 하인의 입장에서 사랑하는 여자를 태양이나 여신인 것처럼 숭배하는 정신적 연애, 그러니까 현실적이 아닌 양상이 주요한 내용을 이루고 있다.

　남녀 애정 문제에서 이와 같이 현실적 코메디와 비현실적인 로맨스를 근대적인 애정관으로 발전시켜 연애와 결혼을 융합·조화시킨 것이 셰익스피어의 로맨틱 코메디의 대조적인 표현이라 하겠다. 사실 이와 같은 애정관은 르네상스 이래 지금까지 문학의 주요 주제이지만, 중세 로맨스가 그 비현실적인 양상을 극복하기 위해 왕후와 신하 사이의 불륜 관계를 즐겨 다루었듯이, 그리고 오늘날의 문학이 남녀 불륜 관계를 오히려 더 많이 문학의 소재로 삼고 있듯이, 셰익스피어에서도 후반기의 문제극에서는 남녀간의 애정도 불륜의 대정상적(對正常的)인 양상으로 나타나게 마련이지만, ≪뜻대로 하세요≫의 경우 로절린드는 목동 목녀의 로맨틱한 사랑과 터치스톤의 현실적인 사랑을 둘 다 이해·비평하면서, 자기 자신의 연정을 근대적인 애정으로 발전·융화시켰으며, 이와같은 셰익스피어의 솜씨는 참으로 경탄하지 않을 수 없다.

　≪헛소동(Much Ado about Nothing)≫(1598~9)은 클로디오 대(對) 히로와 베네디크 대 비어트리스

의 두 플롯의 암명(暗明)이 교차하는 가운데 음모라는 하나의 공통적인 주제로 수습되는 희극이다. 돈 존과 그 일당하며, 클로디오와 그 추종자하며, 다 이 주제 안에서 행동하는데, 히로조차도 누명을 쓰고 죽음을 가장한다.

말하자면 자연의 불가사의한 힘마저 공모하여 고소해하는 것 같다. 만나기가 무섭게 기지(機知)에 찬 입씨름을 벌이는 비어트리스와 베네디크를 주위 사람들은 음모를 꾸며서 서로 사랑하게 해놓고 고소해 하지만, 실상 두 사람은 상극을 가장할 뿐, 서로 사랑할 운명인 것이다. 돈 존의 음모가 뜻밖에도 멍청하고 수다스러운 보안관 도그베리로 말미암아 발각되는 것도 자연의 이치라 하겠다.

극 전체는 단일 계획으로 수습되며, 만약 한 부분이라도 잘못 해석되면 이 희극의 정묘한 균형은 깨지게 마련이다. 셰익스피어는 클로디오와 히로를 연극적 세계로 나오지 못하도록 억제하여 신파적 인물에 머무르게 하였기 때문에 두 사람은 우리들의 공명을 불러일으

키지 못한다. 그렇기 때문에 이 극에서 베네디크와 비어트리스는 약동할 여지를 갖게 되고, 이 발랄한 두 애인의 등, 퇴장과 더불어 무대 위의 생기 또한 출몰하는데, 이들의 개성은 어찌나 강한지 퇴장한 후까지도 무대 위에 실재의 여음(餘音)이 감돌며 극 진행에 묘한 힘을 부여해 준다.

≪십이야(The Twelfth Night)≫(1599∼1600)에서 오빠의 죽음을 비탄하는 올리비어는 검은 상복을 입고 등장하며, 바닥에는 애수가 흐르는 사랑의 소곡(小曲)들로 점철되고, 이 희극 또한 미묘한 균형을 가지고 있다. 셰익스피어에게 충성은 가장 큰 미덕의 하나요, 배신은 가장 큰 악덕의 하나였으므로, 올리비어의 비탄은 다소 과장되어 있을지언정 그 비탄은 결코 어리석은 과장은 아니며, 공작의 구애를 사랑하지 않는 까닭에 거절하는 것은 당연한 일이겠으나, 남장한 비올라를 사랑하게 되는 것은 잠시 동안의 자연의 장난이랄까. 그녀의 마음 속에는 비올라의 쌍둥이인 아직 미지의 세배스티언이 자리잡고 있었다. 모두가 조롱하는 맬볼리오

를 다소나마 동정하는 사람도 그녀뿐이다. 이런 의미에서 이 극의 주인공은 올리비어이겠지만, ≪헛소동≫의 베네디크처럼 이 극에서 맬볼리오는 직각적으로 우리의 머리에 떠오르는 성격이며, 그는 아마 충분히 개성이 발휘된 성격일 것이다.

이 청교도적인 이기주의자를 셰익스피어는 모든 각도에서 살아 있는 인물로 관찰하였고, 그러기에 작가는 그를 욕보이며 동시에 그를 동정한다.

셰익스피어는 초기 희극에서 로맨스와 코메디를 교대로 실험해 오다가, 제2기에서는 이 양자를, 즉 낭만적인 요소와 현실적인 요소를 완전히 융합시켜 균형이 잡힌 원숙한 희극들, 이른바 로맨틱 코메디를 창작해냈다. 그러나 셰익스피어의 천재를 가지고도 복잡하고 교묘한 로맨틱 코메디를 전부 성공적으로 이끌어내기는 쉬운 일이 아니었다. 이것은≪베니스의 상인(The Merchant of Venice)≫(1596~7)을 검토해 보면 알 수 있다.

≪헛소동≫이나 ≪12야≫는 정묘한 균형감이 있는데

반하여 ≪베니스의 상인≫은 도중에서 좌절된 희극이
라 하겠다. 바사니오가 포셔에게 구애(求愛)하는 주제
를 복잡하게 만들기 위해서는 전형적인 악역이 필요했
다. 이 악역은 무동기(無動機)의 배경적인 인물이어야
했다. 그러나 이 희극의 악역은 샤일록이라는 적극적인
역할을 하는 인물이 되고 만다. 엘리자베스 여왕을 살
해하려고 했다는 음모 혐의로 체포된 유태인 의사 로페
츠 사건 후 군중 심리에 부화 뇌동한 엘리자베스 시대
의 관객에게 샤일록은 단순히 악인으로밖에 비치지 않
을뿐더러, 셰익스피어 역시 샤일록은 악인으로 그려내
는 것이 본 의도였다고 보는 평론가들도 있지만, 이는
셰익스피어를 시대의 저속한 해설자로 전락시키는 견
해일 것이며, 우리는 조급히 결론을 내리기 전에 좀더
깊은 고찰을 해야 할 것이다.

그런데 셰익스피어가 이 샤일록을 어떻게 처리하였
는가가 중요하다. 플롯상으로는 샤일록은 액션을 복잡
하게 하는 전통적인 악역에 불과하다. 그리고 포셔의
그 유명한 대사에서 표현되는 자비의 본질과, 계약을

고집하여 안토니오를 치사(致死)케 하려는 샤일록의 집념은 대조되어 있다. 샤일록의 원한은 당연한 것같이 보인다. 그런데 셰익스피어는 플롯상 단순한 악역이 필요 했음에도 불구, "안토니오 님, 당신은 까닭도 없이 나를 개라고 부르셨지요?" 또는 "유태 사람은 눈이 안 달렸단 말이오?" 등과 같은 대사는 자못 충격적이며, 이 극의 낭만적인 플롯과는 전혀 이질적인 것이다.

이러한 대사들은, 엘리자베스 시대의 관객들이 샤일록의 상(像)을 어떻게 보았든지간에, 셰익스피어는 이 전형적인 악역에 흥미를 느낀 나머지, 그를 한낱 악역의 틀 안에 고정시키지 않고 한 인간으로서, 더구나 심한 모욕을 받아 온 인간으로서 보았음을 말해 주는 것이다. 이 극은 이렇게 충격적인 대사와 분위기를 담고 있으므로 셰익스피어는 끝막의 서정적 분위기에서 샤일록을 초라하게 퇴장시킴으로써 분쇄된 정서를 되찾으려고 애를 쓴다. 그러나 달빛 아래 고요한 낭만적 기분이 감돌고 있기는 하나, 그 재판정의 음산한 광경은 좀체로 우리의 뇌리에서 가셔지지 않는다. 그러니까 이 희극에서 셰익스피어의 이중 영상은 정묘한 균형을 이루지 못하고 따로따로 고립하여 자칫하면 충돌할 위험한 상태에 놓여 있다.

로맨틱 코메디들은 차차 어떤 애수와 음영을 띠어가며 다음의 음울한 희극에 들어서기에 앞서 간주곡이라고도 할 ≪윈저의 명랑한 아낙네들(The Merry Wives of Windsor)≫(1600~1)에서 폴스태프가 또 등장한다. ≪헨리 4세≫에서 활약한 이 뚱뚱보, 사기한, 호색가는 플로터스 이래 전형적인 희극 인물인데, 셰익스피어의 영필(靈筆)을 거쳐 생기에 찬 창조적 인물이 되었다. 그러나 폴스태프는 이 희극에서는 ≪헨리 4세≫ 시절과 같은 기백은 이미 없고, 성격 창조상으로 볼 때는 사족(蛇足)의 일편이랄까, 그저 즐겁게 떠드는 인물이 되고 말았다.

근대적 로맨스 세계의 구축과 더불어 셰익스피어의 희극은 완성을 이룩하는데, 이윽고 그것들 안에 깃든 모순들은 암영을 확대하여 이제 비극기로 발전하는데, 이 시기에 비극적 분위기를 띤 세 편의 희극이 있다.

≪트로일러스와 크레시더(Troilus and Cressida)≫
(1601~2), ≪끝이 좋으면 다 좋다(All's Well that
Ends Well)≫(1603~3), 그리고 ≪이척 보척(Meas
ure for Measure)≫(1604~5)이 그것이다. 지금까
지 희극의 발랄함을 보아온 우리는 양자의 큰 차이에
당혹할 수밖에 없으며, 이렇게 셰익스피어의 정신을 어
둡게 한 원인에 대해서는 전기적(傳記的)·사회학적으로
탐구되고 있지만 역시 개성적인 것이며, 외인(外因)만
가지고는 설명될 수 없을 것이다. 아무튼 셰익스피어의
통찰은 한층 더 깊어져서 이 시기에 대비극을 낳게 한
것이고, 이 시기의 희극들을 문제 희극이니, 음울한 희
극이니 하고 부르는 까닭도 여기에 있는 것이다.

　≪트로일러스와 크레시더≫는 트로이 전쟁을 배경으
로하여 연애와 전쟁을 얽어 놓은 환멸의 희극이라고나
할까, 그리스군에 포위된 트로이 진중에서 트로일러스
가 크레시더와 결혼한 다음날, 그녀는 다시 만나게 될
날까지 정절을 맹세하고는, 그리스 진영으로 넘어가자
마자 그리스의 부장 다이어미디즈와 사랑에 빠진다. 한

편, 사랑하는 아내를 잃고 슬퍼하는 트로일러스는 적의
진중에 가서 아내의 부정을 목격하고 슬픔과 분노와 치
욕감에 다이어미디즈와 결투하기로 하나, 적을 쓰러뜨
리지 못한 채 이야기는 중도에서 끊어진다. 셰익스피어
의 크레시더는 음탕한 충동적 여성이요, 결혼의 행복
같은 것은 믿지 않는다. 여기에서는 이전의 희극에서와
같은 연애와 이지(理智)의 조화란 바랄 수 없다. 또한
이 극에 등장하는 호머의 영웅들은 한결같이 명예감도,
기사도 정신도 안중에 없는 희화화(戱畵化)된 인물들
로 희극적 분위기를 돋우는 것도 특색이거니와, 율리시
즈의 질서론(秩序論)을 셰익스피어의 사극에 구현된
질서관과 더불어 셰익스피어의 사상의 일단에 나타내
보인 것이라고 하겠으며, 또는 어느 상징주의 평론가의
견해처럼 이 극에서 그리스측으로 대표된 현실주의와
트로이측으로 대표된 이상주의는 신구 두 사조가 소용
돌이치던 셰익스피어 시대의 영국 르네상스기의 현실
을 묘사한 것이라고 볼 수도 있다.

　《끝이 좋으면 다 좋다》는 제목과 같이 끝이 희극

적 해피 엔딩이긴 하지만 전체 분위기는 암담하여 뒷맛
이 개운치가 않다. 부(副) 플롯의 페롤리즈만이 희극적
이요, 주인공들인 버트럼과 헬레너의 줄거리는 도리어
비극적이다. 헬레너는 이루지 못하는 사랑때문에 고뇌
한다. 그것은 신분의 차이 때문에 상대방이 그녀를 거
들떠보지도 않기 때문이다. 국왕의 난치병을 완치시켜
줌으로써 헬레너는 버트럼과의 결혼을 허락받게 되나,
버트럼은 응하지 않고 실현 불가능한 문제를 그녀에게
부과한다. 국왕은 명예란 자연에서 생기는 것이지 신분
이나 칭호에서 오는 것이 아님을 충고하는데, 이는 근
대 로맨스의 이론이며, 버트럼은 그러한 근대적 로맨스
에 참가할 수 없기 때문에 국왕의 충고에 응하지 않는
다. 헬레너가 그 목적을 달성하는 방법은 버트럼이 사
랑하는 여자와 바꾸어 그와 동침하는 계교의 방법인데,
이것 또한 근대 로맨스의 부정인 것이다.

　　《이척 보척》은 극으로서의 약점을 지니고 있긴 하
지만 확실히 셰익스피어 작품 중에서 가장 주목할 만한
작품의 하나이다. 이 극의 결점은 로맨틱 코메디의 형

식으로는 도저히 달성하지 못할 것을 시도한 것, 그리
고 어떠한 연극적 기교를 가지고도 완성시킬 수 없는
문제를 주제로 한 점이다. 지금까지 성공한 로맨틱 코
메디들은 자연의 일부인 숲을 배경으로 하여 전개되었
으며, 이 대자연은 위험과 죽음을 내포하는 경우도 있
었으나 결국 인자한 자연이었다. 그러나 ≪이척 보척≫
의 배경은 악에 젖은 비엔나의 부패하고 추악한 거리
요, 자연의 양상도 완전히 다르다. 요정의 발자국은 말
굽에 유린되고 창가(娼街)의 악취가 들꽃의 향기를 말
살한다. 사랑의 어리석음을 모르는 바 아니나, 행복의
극치를 서정적인 사랑에서 발견한 듯한 셰익스피어가,
이 작품에서는 별안간 사랑과 음욕이 다르기는커녕 오
히려 양자는 거의 구별될 수 없다는 사실을 깨달은 것
같다. 뿐만 아니라 지금까지의 희극들에서 어렴풋이나
마 제시되었고, ≪베니스의 상인≫에서는 거의 주제로
까지 강조된 정의의 문제가 이제 음산하고도 복잡한 양
상으로 극 전체를 엄습하고 있다.

  지금까지의 엄한 부모의 명령이나 율법에 대한 청춘

의 사랑의 반동이나 방종은 명랑하고 천진난만했다. 그
러나 이제, 개인인 인간과 사회적인 인간이 제시하는
영구한 문제, 그리고 개인인 인간이 요구하는 자유와,
사회적인 인간에게 요청되는 율법 사이의 갈등이 제시
하는 영구한 문제에 직면하여 셰익스피어의 심경은 당
혹한 것이 된다. 이와 같은 것들을 로맨틱 코메디로 구
성해 낸다는 것 자체가 셰익스피어의 천재를 가지고도
힘에 겨운 것이며, 이 극에 대한 평론가들의 혼선은 일
부 이미 제작 당시부터 가로놓여 있었던 것이다. 더구
나 그러한 혼선은 극의 진행이나 성격들을 어떠한 특정
한, 그리고 제한된 관점에서 고찰하려는 태도 때문에
더해지며, 혹은 초래된다. 이는 상징적 해석과 역사적
비평과의 저오(牴牾) 정도가 아니다.

그리고 이 극을 사회극과 같은 현대적 관심에서 보
거나, 또는 가령 엘리자베스 시대의 관객의 입장에서
셰익스피어의 묘사는 당대의 세상(世相) 이상의 것에
서 벗어나지 못한 것이라고 보는 것은 틀린 견해이며,
더욱 중요한 것인 이 극이 복잡하고도 모순이 양립하는

요소를 지니고 있다는 사실을 간파하지 못한다면 그것
은 잘못된 견해일 것이다.

이 극이 통속적인 '요정 이야기' 이상의 것이라 함은,
감정이 비극적 긴장에까지 도달하는 여러 장면들이나,
정의니 법이니 정치니 자비 등등의 대사들이 전편을 덮
고 있는 사실로 보아 충분히 알 수 있다. 셰익스피어가
단지 하나의 이야기를 전개시킨다는 것 이상의 깊은 의
도를 가졌다 함을 우리는 인식하지 않을 수 없는데, 그
렇다고 이 극을 사상극(思想劇)으로서만 가치 판단을
해서도 안 될 것이다. 사실 셰익스피어는 이 극에서 인
생의 비전(映像)을 강조한 것이며, 선악에 대한 셰익스
피어의 판단에도 불구하고 생기 있고 뚜렷한 등장인물
들은 도덕률로 안이하게 표현할 유형의 인물들이 아니
기 때문이다.

이저벨러를 순결의 상징이라고 한 마디로 처리해 버
릴 수는 없다. 물론 그녀는 순결한 여성이며 극중의 그
녀와 달리 행동해 주기를 바라는 것은 아니지만, 그러
나 그녀의 표현이 좀더 다른 것이었으면 하는 아쉬운

마음이 든다. 수녀복을 입은 그녀의 모습에는 어딘지 일종의 우월감과 맬볼리오와 같은 이기주의가 감돈다. 셰익스피어는 이 이저벨러를 창조함에 있어 우리들의 도덕률로 규정지을 수 있는 그러한 세계에서 사고한 것은 아닌 것이다. 앤젤로에 대해서도 같은 문제가 생긴다. 셰익스피어는 앤젤로를 음욕으로 고민하는 인간으로 묘사했다. 보통의 유혹에 대해서도, 그리고 어떤 미인에 대해서도 그의 엄한 도덕률은 요지부동이었다. 오직 이저벨러의 순결만이 그의 억압된 불씨를 어쩔 수 없는 정화(情火)로 휘몰아 넣은 것이다. 이래서 그는 신파적 인물 이상의 것이 된다. 그는 이저벨러의 순결에 도전하는 악마요, 일면 위선자요, 동시에 비인의 부패상을 진심으로 증오하나 그의 이상주의가 균형을 잃은 탓으로 그에게 과해진 시련을 극복하지 못하는 그러한 인물인 것이다.

《이척 보척》의 근본적인 결점은, 로맨틱 코메디로서는 허용할 수 없는 이저벨러와 앤젤로 같은 성격을 등장시켜 심각한 문제를 다룬 데 있다.

격렬한 애증(愛憎)의 회오리바람 속에서 인생의 암
흑과 심연(深淵)을 응시하던 비극기에 이어, 이제 체관
(諦觀)과 애정을 가지고 깨끗하고 맑게 인생을 바라보
는 셰익스피어의 창작활동은 ≪페리클리즈(Pericles)
≫(1608~9), ≪심벨린(Cymbeline)≫(1609~10),
≪겨울밤 이야기(The Winter's Tale)≫(1600~10),
≪태풍(The Tempest)≫(1611~2) 등 4편의 낭만극
을 가지고 막이 내린다. 이것은 하나의 비희극이랄까,
그러면서도 원만한 해결이 예정되고, 고의적인 악의이
든 또는 단순한 오해이든간에 어떠한 사정으로 인하여
불화를 빚어낸 가족이 이산(離散)한 끝에 십수 년 후에
야 뜻밖에도 다시 골육이 상봉함으로써 화해한다는 것
이 만년의 낭만극의 공통적인 주제이다.

인생의 비극적 고난이 죽음을 겪고 재생으로 발전하
며, 이때 재생의 원동력이 되는 것은 셰익스피어가 여
태까지 자주 채용한 바 있는 자연의 힘이지만, 여기서
는 그 위에 또 초자연력이 첨가된다. 셰익스피어의 만
년에 영국의 극작계는 이러한 비희극이 유행되기는 했

지만, 셰익스피어가 그러한 유행에 따랐다기보다는, 그가 만년에 정착한 곳이 재생과 화해와 관용의 맑디맑은 경지였다 하겠다.

《심벨린》 이외는 다 딸들이며, 아버지와 딸의 상봉과 화해, 이는 곧 《리어 왕》의 주제이기도 했다.

그러나 코델리아는 부왕의 면전에서 비천한 병사의 손에 교살당하고, 리어 왕 또한 딸의 시체를 안은 채 절명한다. 그러나 낭만극의 주인공들은 죽지 않는다. 《심벨린》은 성장한 두 아들과 상봉하고, 이전에 추방한 귀족 벨레이리어스와 화해한다. 《겨울밤 이야기》의 리온티즈 왕은 갓난아기로 내다버린 딸 퍼디터가 성장하여서 오해의 원인의 상대방인 보히미어 왕의 아들 플로리젤과 사랑하는 것을 알고 양인을 축복하며, 포율서니즈와 화해하고, 누명으로 죽은 걸로 알았던 아내의 생존을 알고 기뻐한다.

셰익스피어의 창작 활동의 말기에 보먼트(Beaumont), 플레처(Flecher) 등의 새로운 기교파와 더불어 극단의 정세는 변하여 순수 비극보다는 비희극적인 낭만극이 영합(迎合)되었다. 그러나 동일한 주제를 다루고 있으면서도 ≪리어 왕≫과 ≪겨울밤 이야기≫와의 차이는 확실히 작가의 심경의 변화를 말해 주는 듯하다.

　최근 ≪페리클리즈≫, ≪심벨린≫, ≪겨울밤 이야기≫를 상징극 또는 우유극(寓喩劇)으로 다루는 견해도 있는데 이러한 견해가 어디까지 정당화될 수 있는지 의심스럽다. 확실히 ≪페리클리즈≫에서의 폭풍이나, ≪겨울밤 이야기≫에서의 난파(難破) 등이 셰익스피어의 심경에 상징적 의미를 지닌 것은 확실하지만 그 이상을 추구하는 것은 위험하며, 다만 셰익스피어는 종전에도 다루었던 설정(設定)들을 새로운 정서 아래서 잘 이용한 것이라 보는 것이 타당한 견해일 것 같다. 동시에 셰익스피어는 논리적으로가 아니라 상상의 세계에서 철학을, 특히 원시적인 소박성, 자연의 순수한 자세, 인간 지혜 등, 상호 관계의 영원한 문제를 골똘히 명상한 듯하다.

　≪태풍≫에서는 자연적인 자유와 사회적인 율법 사이의 갈등 문제도 제시되지만, 감각 세계와 정신 세계

사이의 보다 높은 차원의 문제가 제시된다. 지금까지 희극에서 셰익스피어가 당면해 온 꿈과 환상은 이제 객관화된 셈이며, 지혜의 보고(寶庫)에서 진지하게 우러나오는 프로스페로의 저 유명한 대사는 현세의 명백한 실체들이 모두 다 가공적인 꿈에 불과함을 간파한다.

　지금까지 여러 번 심각한 인상을 준 바 있던 잠의 영역이 이제 확대되어 전 인생을 포용한다고나 할까. 그러나 셰익스피어의 솜씨는 어찌나 미묘했던지 그와 같은 프로스페로도 마법의 책과 마법의 지팡이를 기꺼이 내던져 버리고 고국에 돌아갈 준비를 한다. 그가 원수들과 화해하고 재생하여 마법의 세계로부터 현실의 세계로 돌아가는 모습은 셰익스피어 그 자신을 방불케 할 뿐 아니라, 프로스페로는 항시 영감을 상상에서 가져오는 셰익스피어의 이상적인 자세인지도 모르겠다.

셰익스피어의 시대

셰익스피어가 살았던 무렵의 영국은 대부분 엘리자
베스 여왕(재위 1558~1603) 치하인데, 이 르네상스
기의 영국은 장미 전쟁(1455~85)과 청교도 혁명(16
42~49)이라는, 영국사에 있어서 두 개의 가장 비참한
내란 틈에 끼인 시기로, 말하자면 폭풍 속에 반짝 비친
햇살과도 같은 시대였다. 랭카스터 가문과 요크 가문의
왕위 쟁탈전인 장미전쟁의 기억도 차츰 가시고, 그 바
로 뒤에 세워진 튜더 왕조가 근대 국가의 기초를 다졌
다. 즉 튜더 왕조 최후의 엘리자베스 여왕에 이르러 중
앙 집권 확립이 한결 진척되었으며, 종교면에서는 헨리
8세(재위 1509~47)가 로마 교황과의 관계를 단절시
킴으로써 국교화(國敎化)에의 길이 열렸다. 1588년에
는 로마 가톨릭의 대표국인 스페인의 무적 함대를 격파
하고 국위를 크게 떨쳐 무역도 번창하고 상업도 날로
성해져서 중산계급이 고개를 들기 시작했다.

이 국력 팽창에 따라 애국심도 높아지고, 신교국으로

서 유럽의 구교도 제국과 대립하는 입장에 놓이게 되자, 독립국 영국의 의식은 강하게 국민의 마음 속에 뿌리를 내렸으며, 또한 그것은 자기 나라의 역사에 대한 관심으로 나타났다. 역대의 국왕을 다룬 셰익스피어 사극은 관객의 이와 같은 의식과 흥미를 반영하고 있는 것이다.

문화적으로는 대륙에 뒤진 영국이었으나, 16세기 후반, 영국의 문예는 갑자기 활기를 띠어 그때까지의 정체에서 벗어나 일약 세계적 수준에 다다랐다. 시(詩)에서는 에드먼드 스펜서, 산문에서는 존 릴리, 희극에선 존 릴리와 로버트 그린, 토마스 키드, 마알로우가 배출되고, 외국 문학도 열심히 받아들여져 그리스·로마의 고전과 동시대의 외국 문학이 속속 번역되었다. 그 중에서도 채프맨에 의한 호머의 영역(英譯), 노드 역의 플루타크 ≪영웅전≫, 플로리오의 몽테뉴 영역 등이 주목된다. 런던에 처음으로 상설 극장이 세워진 것도 이 무렵(1576)이었다.

즉, 당시의 영국은 르네상스가 가져온 인간의 새로운

가능성으로 향해 열려진 무한한 세계로 자유로운 시민 정신이 발랄하게 개화하기 시작한 시대였고, 거기에 따라 지식욕도 왕성하여 이세상의 모든 현상에 대해 탐욕스러운 호기심을 느꼈다. 고귀한 사람들의 생활이거나, 피비린내나는 살육이거나, 또는 추잡한 농담이거나, 무엇이든 흥미의 대상이 되지 않는 것이 없었다. 그러나 이 시대를 생명력의 창일(漲溢)과 명랑성만으로 특징지울 수는 없다. 왕조 교체에 대한 불안과 전환기·변동기에 흔히 볼 수 있는 모순도 이 시대는 안고 있어, 이른바 명암이 교차하는 복잡한 시대였다.

어두운 면이라고 하면, 1601년의 에섹스 백작의 반란(셰익스피어의 후원자였던 사우댐턴 백작도 연좌되어 처형됨)을 경계로 하여 르네상스의 물결을 타고 있던 영국 사회에 그림자가 깃들기 시작했는데, 셰익스피어 후기의 작품이 이전의 명랑성을 잃은 것을 그 때문으로 보는 사람도 있다. (풍자 희극의 대가 벤 존슨과 같은 경쟁자가 나타나 이전처럼 극계를 독점할 수 없게 된 것도 사실이며, 다시 보먼트와 피레처라는 합작자

(合作者)가 '비희극(悲喜劇)'이라는 것을 유행시켜 호평을 받은 일도 셰익스피어의 작풍에 영향을 주어 ≪심벨린≫이나 ≪겨울밤의 이야기≫ 등은 이 '비희극'의 작풍을 나타내고 있다).

또 엘리자베스 조의 영국에는 새 것과 낡은 것이 기묘하게 뒤섞여져 있었다. 한편에서는 천년 이상의 확고한 역사를 가진 중세의 기독교 세계관이 끈덕지게 남아, 우주 만물은 하나님을 정점으로 정연한 계층적 질서를 이루며, 지구상의 자연도, 인간 사회도, 인체 그 자체도 소우주(小宇宙)를 형성하여 대우주에 마주 응하고(셰익스피어 비극에서는 흔히 인간 세상의 이변(異變)이 선행하고 자연계의 변란이 나타난다), 인간에서 동물을 거쳐 무생물로, 또 제왕에서 서민 대중으로 계층 질서가 정립되고 있다. 인체의 갖가지 기능도 두뇌와 심장을 정점으로 한결같이 질서를 형성하고 있으며, 이 질서를 깨뜨리는 일이 혼란이며 반란이라는 신념이 강하게 살아 남아 있었다(셰익스피어의 비극에서는 일단 교란·파괴된 질서가 종국에 가서는 반드시 회복된다는 수법이 쓰여진다). 천체는 지구를 중심으로 운행되고, 그 맨 위에는 천국이 있으며, 맨 아래에 지옥이 위치한다는 프톨레마이오스의 우주관이 아직도 믿어지고 있었다. 악마에 대한 연구가 행해졌으며 마녀나 망령의 존재, 국왕의 기적적 치유력(治癒力) 등이 믿어지고 있었다.

그런가 하면 다른 한편에서는, '인간이야말로 천지 조화의 오묘, 이성은 숭고하고 능력은 무한하고……. 천사 같은 이해력에다, 마치 신과 같고, 세상의 꽃이요, 만물의 영장, 이라고 한 햄릿의 대사에서 보는 것 같은 인간 예찬이 구가(謳歌)되고, 나아가서는 마키아벨리즘의 냉엄한 현실주의나 무신론이 힘을 갖기 시작하여, 몽테뉴의 회의론조차 받아들여져, 계몽과 자아의 각성과 해방이라는 근대의 조류가 서서히 흘러들기 시작하고 있었다.

이와 같이 새 것과 낡은 것이 교차하는 격렬한 시대에 있어서, 셰익스피어는 의식(意識)과 실생활 위에서는 중세적 질서 쪽에 몸을 두고 공동체 의식 속에 뿌리를 내리고 온건하게 살면서, '신(神)과 같은 기록자의 눈'으로 풍부하고 다양한 르네상스기의 영국의 실정과 인간의 영원한 모습을 연극이라는 거울에 비쳐냈을 뿐만 아니라, 무의식 속에서는, 특히 비극에 있어서는, 은연중에 근대를 예상하고 받아들였던 것이다. 예컨대 햄릿이나 맥베드, 그들은 뚜렷이 고독을 안고 있다. 다만 근대인의 고독과 다른 것은 그것을 당사자가 지나치게, 혹은 수동 태세로 의식하지는 않았다는 점이다.

여기에 우리에게는 없는 그들의 건강성이 있다. 근대의 로맨티시즘을 병적이라고 한다면 셰익스피어의 그것은 건강한 로맨티시즘이라고 부를 수 있을 것이다.

셰익스피어 극의 발전

셰익스피어 희곡의 집필 연대는 외적 증거(外的證據 —동시대인이 한 언급)나 내적 증거(內的證據—작품 중 시사 문제에의 언급이나 작품의 문제)에 의해 추정 되고 있으나, 그 추정 연대는 학자에 따라 다소 견해의 차가 있다. 어떤 작품은 몇 년에 걸쳐 개작이 거듭된 경우도 있다. 여기서는 도버 윌슨(John Dover Wilson)의 추정을 이용하겠다.

셰익스피어의 희곡은 형식상으로는 사극·희극·비극 의 세 가지로 나누어진다. 사극은 영국 역사에서 취재 한 것인데, 내용상으로는 《리처드 3세》같이 비극이 라고 해도 좋을 만한 것도 있고, 《헨리 4세》같이 희 극적인 것도 있는데 사극은 거의 전반기에 쓰여졌다.

그리고 비극 중에서도 《코리오레이너스》,《줄리어 스 시저》,《앤토니와 클레오파트라》의 세 작품은 《 플루타크 영웅전》에서 취재한 것으로, 로마 사극이라 고도 불려지고 있다.

습작시대

≪헨리 6세(Henry Ⅵ)≫ 제 1·2·3부   사극, 1590~2

≪리처드 3세(Richard Ⅲ)≫   사극, 1592~3

≪착오 희극(The Comedy of Errors)≫   희극, 1592~3

≪타이터스 앤드로니커스(Titus Andronicus)≫ 비극, 1593

≪말괄량이 길들이기(The Taming of the Shrew)≫

희극, 1593~4

≪존 왕(King John)≫   사극, 1594

≪베로나의 두 신사(The Two Gentlemen of Verona)≫

희극, 1594~5

≪사랑의 헛수고(Love's Labour's Lost)≫ 희극, 1594~5

≪로미오와 줄리엣(Romeo and Juliet)≫   비극, 1595

희극시대

≪리처드 2세 (Richard Ⅱ)≫   사극, 1595~6

≪한여름밤의 꿈 (A Midsummer‐Night's Dream)≫

희극, 1595~6

≪베니스의 상인 (The Merchant of Venice)≫

희극, 1596~7

≪헨리 4세(Hentry Ⅳ)≫ 제 1·2부   사극, 1597

≪헛소동(Much Ado about Nothing)≫   희극, 1598~9

≪헨리 5세(HentryV)≫   사극, 1598~9

비극 시대

≪줄리어스 시저(Julius Caesar)≫   비극, 1599

≪뜻대로 하세요(As You Like It)≫   희극, 1599~1600

≪윈저의 명랑한 아낙네들(The Merry Wives of Windsor)≫

희극, 1600~1

≪햄릿(Hamlet)≫   비극, 1600~1

≪트로일러스와 크레시더(Troilus and Cressida)≫

비극, 1600~2

≪12야(The Twelft Night)≫   희극, 1599~1600

≪끝이 좋으면 다 좋다(All′s Well That Ends Well)≫

희극, 1602~3

≪맥베드(Machbeth)≫   비극, 1606

≪오델로(Othello)≫   비극, 1604

≪이척 보척(以尺報尺, Measure for Measure)≫

희극, 1604~5

≪리어 왕(King Lear)≫   비극, 1605

≪앤토니와 클레오파트라(Antony and Cleopatra≫

비극, 1606~7

≪코리올레이너스(Coriolanus)≫   비극, 1607

≪아테네의 타이먼(Timon of Athens)≫   비극, 1607~8

낭만극 시대
≪페리클리즈(Periles)≫   희극, 1608~9
≪심벨린(Cymbeline)≫   희극, 1609~10
≪겨울밤 이야기(The Winter's Tale)≫   희극, 1610~1
≪태풍(The Tempest)≫   희극, 1611~2

셰익스피어의 작가 활동은 대개 4기로 나누어진다. 이 구분은 비평가 다우덴(Edmond Dowden) 무렵부터 비롯된 것으로 편의적인 것이기는 하나, 셰익스피어극의 발전을 설명하는 방식으로서는 그런대로 수긍이 가므로 위의 집필 연대표에 기입해 두었다.

습작 시대는 선배 작가들을 모방한 시기로, 희극으로는 궁정풍의 희극을 쓴 존 릴리, 비극이나 사극으로는 마알로우나 키드에게서 강한 영향을 받았다. 이 시기를 다우덴은 작가가 '일자리에 있는'시대라고 부른다.

희극 시대에 이르면 작가의 인간 통찰이 더욱 깊어져 작극술(作劇術)도 독자적인 것이 된다. 특히 ≪한여름밤의 꿈≫의 작극술은 실로 호방(豪放)하면서도 빈 틈이 없어 작가가 극의 전개를 마음대로 다룰 수 있는 능력을 가지게 되었다는 것을 실증한다. 걸작 희극 ≪12야≫와 ≪뜻대로 하세요≫도 이 시기에 쓴 것으로 생각되고 있다. 말하자면 셰익스피어가 '세상에 나왔다'고 일컬어지는 시대이다.

비극 시대에는, 작풍(作風)은 차츰 어두워져, 희극 시대에 보여주던 경쾌함과 명랑함이 사라지고 '심연 깊숙이' 몸을 담그고 있는 것 같은 느낌이다. 4대 비극 ≪햄릿≫, ≪맥베드≫, ≪오델로≫ 그리고 ≪리어 왕≫도 이 시기에 씌어졌다. 이 시기에는 절망적 인간 불신의 감정이 깔려 ≪오델로≫ 외의 3대 비극에서는 암흑의 우주 그 자체를 배경으로 한 영혼의 전율이 그려졌다.

특히 ≪리어 왕≫에 있어서, 세계 질서가 붕괴된 뒤의 부조리의 노정(露呈)은 심연적이다. 작가가 자유 분방한 희극 시대로부터 달음질쳐 이와 같은 비극 세계에 돌입한 것은 무슨 까닭일까. 그 이유는 그 어느 것도 억측의 영역을 벗어나지 못하지만, 신변의 타격, 비극에의 도전 등의 이유 외에도 몽테뉴의 회의론에서 많은 영향을 받았기 때문이라는 추측도 있다.

그러나 셰익스피어는 다시금 전신(轉身)하여 심연에서 관조의 '높은 곳으로' 올라간다. 최후의 낭만극 시대가 그것이다. 이는 희극 시대로의 단순한 복귀가 아니라 희극 시대의 밝음과 즐거움, 그리고 비극 시대의 어둠과 쓰라림을 거쳐 비로소 다다를 수 있는 인생과의 화해의 경지였다고 보여진다.

최종 작품 《태풍》은 마술로 사람들을 놀라게 한 도주(島主) 프로스페로가 맺는 끝말로 막이 내리는데, 이 에필로그와 또 그밖의 몇몇 대사는 이제까지 20여 년 극계를 주름잡아 온 작가 자신의 결별사라고도 볼 수 있다. 셰익스피어 극이라는 타원(楕圓)이 여기에서 완결되는 셈이다.

셰익스피어의 희곡에는 거의 전부 출처가 있다. 예전에 씌어진 국내외의 이야기며 사화(史話), 혹은 희곡 등을 참고로 하여 독자적 희곡을 썼으며, 그런 점에서 그의 극은 순수한 창작이라고 하기는 어렵다. 즉, 하나의 작품에는 갖가지 밑바침을 포함하는 다층체(多層體)를 이루고 있어 셰익스피어 자신의 순전한 창작은 ≪한여름밤의 꿈≫뿐이라고 주장하는 학자조차 있다. 그뿐 아니라, 이 시대에 있어서는 독창이라는 것이 별다른 의의도 갖지 않았으며, 훌륭한 작품이라는 것은 거의 모두가 표절의 누적에 지나지 않았다.

따라서 셰익스피어 극을 평할 때 그 전체가 마치 셰익스피어의 독창인 것처럼 평하는 것은 잘못이다. 모티브를 빌려 썼다고는 해도 번안·개작 그것이 아니라, 예를 들면 연대기를 자료로 사용했을 경우에는 대담한 극화(劇化)를 감행했고 선인(先人)의 것을 모방한 경우에도 초점을 대담하게 바꾸고 주제를 명확하게 설정하는 등 전체를 작자 자신의 것으로 만든 것이다. 테가 하나의 제약임에는 틀림없었으나 그 테 안에서 오히려 집중적으로, 그리고 자유롭게 피와 살을 가진 인물을 창조해 내고 새로운 성격이나 장면을 만들어 낼 수가 있었던 것이다.

셰익스피어의 문체

셰익스피어 극의 거의가 이른바 무운시(無韻詩)다. 강약(强弱―억양)의 두 음절을 한 줄에 다섯 번 되풀이하고 운을 밟지 않은 시형(詩形)인 것이다. 그 원형인 약강 오보격(弱强 五步格) 시형은 초서가 ≪캔터베리 이야기≫를 쓸 때 고안해낸 것인데, 그 뒤 명맥이 끊어진 것을 16세기에 토머스 와이어트가 부활시키고, 이어 헨리 하워드가 블랭크[無脚韻]의 약강 오보격을 창시했다. 이 블랭크 버즈[無韻詩]를 처음으로 희곡에 응용한 것은 마알로우지만, 이 시형의 묘미인 자유분방한 파격을 교묘하게 자기 것으로 만든 사람은 셰익스피어이다.

셰익스피어 극이 시로 씌어졌다는 것의 의미는 크다. 시는 일상 쓰는 말로는 나타낼 수 없는 격(格)을 낳고, 또한 뜻과 내용에 깊이를 준다. 이미지에 의한 의미의 회화화(繪畵化)가 무대 장치의 빈곤을 메워주고, 관객과 독자의 상상력을 자극하며 그 음악성이 대사에 율동

감을 준다. 그리하여 시 특유의 수사와 은유와 음악성
이 한데 어울려 대사를 아름답게 전달하게 하고, 품위
있는 것, 색다른 것의 표현에 합당한 매체가 되는 동시
에 천하고 흔한 것의 표현을 속되지 않게 한다. 셰익스
피어에서 중요한 점은 '그가 무엇을 말했는가가 아니라
어떻게 말했는가'이다. 즉 내용도 중요하지만 표현 형
식이 보다 더 중요하다. 셰익스피어 극의 등장인물들이
발랄한 까닭은, 단순히 그들의 동작이나 대사 내용 때
문이 아니라 그들의 말투, 즉 대사의 아름다움과 음악
성, 그리고 힘찬 약동성 때문이기도 하다. 셰익스피어
는 비극과 희극의 두 분야에 걸쳐 걸작을 낳았다. 이것
은 지극히 드문 일이다. '비극의 라신, 희극의 몰리에
르'라고 하듯 어느 한 분야에서 대성한 극작가는 많으
나 두 영역에 걸쳐 모두 손색없는 걸작을 낸 작가는 셰
익스피어뿐인 것이다. 그는 또 '어두운 희극' 또는 '문제
극'이라고 불리는 비희극도 썼는데, 그것과는 별도로
비극과 희극을 뒤섞어 비극 중에 가끔 희극적 장면을
삽입하는 대담한 수법을 썼다. 예컨대 비극의 주인공

햄릿은 동시에 즉흥적인 광대역도 하는 인물인 것이다.

셰익스피어 희극은, 지적(知的)이며 실질적인 풍속 희극과, 정적이며, 목가적·몽환적인 낭만 희극으로 크게 나눌 수 있으나, 셰익스피어가 독자적으로 개척한 것은 두 요소를 완전히 융합시킨 ≪한여름밤의 꿈≫을 기점으로 하는 낭만 희극이다. 셰익스피어 희극의 진수는 풍자보다도 너그러운 웃음을 담은 로맨스에 있다고 하겠다.

셰익스피어 비극의 특징의 하나는 그것이 성격 비극이라는 점이다. 그리스 비극에서는 신의 뜻에 묶인 인간의 숙명이 기본이지만, 셰익스피어 비극의 거의는 '성격은 운명이다'라는 말에 요약되듯 주인공의 선천적·후천적 소질이 당자를 파멸로 모는 것이다. 괴테는 셰익스피어 비극을 개인적 욕망과 의무의 맞씨름이라고 보았다.

고전적 삼일치(三一致 — 때와 장소와 줄거리의 통일)의 법칙을 무시하고 파격의 극을 쓴 것도 셰익스피어이다. ≪태풍≫ 이외의 그의 모든 극에서 때와 장소는 멋대로 다뤄지고 있으나 줄거리의 통일만은 엄격히 지켜지고 있다. 얼른 보아, 전체는 자유분방한 인상을 주지만 기교 없는 듯이 보이는 기교가 아슬아슬한 한계점에서 전체를 통일하고 긴박감을 띠게 하는 것이다.

셰익스피어는 또 서른일곱 편의 희곡에 있어서, 되풀이한다는 매너리즘의 폐단에 빠지지 않고 끊임없이 작품마다 새 출발이기나 한 것처럼 작품의 밑바탕을 바꾸고 있다. 이것은 그가 어떤 종류의 소재라도 놓치지 않고 이용한 그 소재의 다양성에도 있으나 천재적 시극작가로서의 재능 때문이다.

셰익스피어 극에 등장하는 인물은 실로 다양하다. 위로는 왕후 귀족에서부터 아래로는 군중이나 무뢰한과 광대에 이르기까지, 남녀 노소, 현우(賢愚)할 것 없이, 또 로마인이거나 영국이거나 모든 인물이 개성 있게 그려져 있다. 그들은 대개의 경우, 치우친 '개인'이기보다는 인류의 각 계층이나 유형의 대표이고 전형이며 종족이다. 우리가 그들에게 친근감을 느끼는 이유의 하나가 여기에 있다.

'천만(千萬)의 마음을 가진 셰익스피어'라는 찬사는 위에서 말한 바와 같은 천차 만별의 인물을 만들어낸 그의 천재에 바쳐지는 것이지만 그것을 더 근대적으로 해석하면, 그것은 '천만의 인격을 가졌다'는 뜻이 아니라 '하나의 인격을 천만의 뉘앙스로 보고 있었다'는 뜻으로 생각될 수도 있다. 악인으로서만 보는 것이 아니라 그 뒷면에 있는 인간적인 나약성, 혹은 선량성도 그려내고, 선인에게서도 악의 요소를 보아넘기지 않았던 것이다. 귀공자 햄릿 안에서도 음담패설에 흥을 돋우는 소탈한 청년을 보고 있었다. 즉 하나의 인간이 '천만의 마음을 가진' 사실을 파악한 것이다. 셰익스피어는 인간을 한 측면으로만 보지 않았다.

셰익스피어 극의 세계는 정교하게 다듬어진 정원수라기보다 울창한 숲이다. 그와 같은 광대한 세계, '천만의 마음'을 아무런 거리낌없이 만들어낸 셰익스피어의 비밀은 무엇인가. 그것은 허즐리트(Hazlitt)도 말한 바와 같이, 그가 '자기 중심주의와는 완전히 인연이 먼 사람으로, 그 자신은 무(無)'였기 때문이 아닐까. 오직

무였으므로 '모든 사람의 있는 그대로의 생태와, 그 있
을 수 있는 모습을 자기 것으로 만들 수 있었던'것이
아닐까. 셰익스피어는 극단과 사회와, 관객인 귀족이나
대중 등 자기를 에워싸는 갖가지 제약 아래에서, 제약
을 배제하는 것이 예술가라고는 꿈에도 생각지 않고,
모든 제약에 맞춰 완전히 자기 자신을 노출하지 않고
극작함으로써, 셰익스피어 그 자신과 개성이 오히려 선
명하게 부각된 것이다.

옮긴이 약력

경성대학 법문학부 영문과 졸업
현 동국대학교 교수

저 서
≪셰익스피어 문학론≫

역 서
≪셰익스피어 전집≫(전5권)
≪신역 셰익스피어 전집≫(전8권)

한여름밤의 꿈   〈서문문고 146〉

개정판 발행 / 1996년 5월 6일
개정판 2쇄 / 2005년 4월 10일
옮긴이 / 김 재 남
펴낸이 / 최 석 로
펴낸곳 / 서 문 당
주소 / 서울시 마포구 성산동 54-18호 동산빌딩 2층
전화 / 322—4916~8 팩스 / 322-9154
등록일자 / 2001. 1. 10
등록번호 / 제10-2093
창업일자 / 1968. 12. 24

ISBN 89-7243-346-2   ※ 잘못된 책은 바꾸어 드립니다

서문문고 목록

001~303

◆ 번호 1의 단위는 국학
◆ 번호 홀수는 명저
◆ 번호 짝수는 문학